U0815595

蒲公英文学馆

战地黄花分外香

宗函婷 / 主编　莫晓红 / 著　豆豆鱼 / 绘

吉林出版集团股份有限公司
全国百佳图书出版单位

图书在版编目（CIP）数据

战地黄花分外香 / 莫晓红著. -- 长春：吉林出版集团股份有限公司, 2024. 11. -- (蒲公英文学馆 / 宗函婷主编). -- ISBN 978-7-5731-6003-4

Ⅰ. I247.7

中国国家版本馆CIP数据核字第20243R8D08号

战地黄花分外香

ZHANDI HUANGHUA FEN WAI XIANG

出 版 人　吴　强
主　　编　宗函婷
著　　者　莫晓红
责任编辑　刘东禹
图画绘制　豆豆鱼
装帧设计　薛　芳
开　　本　889 mm × 1194 mm　1/32
印　　张　6.75
字　　数　140千字
版　　次　2024年11月第1版
印　　次　2024年11月第1次印刷

出　　版　吉林出版集团股份有限公司
发　　行　吉林音像出版社有限责任公司
（吉林省长春市南关区福祉大路5788号）
电　　话　0431-81629667
印　　刷　吉林省金昇印务有限公司

ISBN 978-7-5731-6003-4　　定　　价　32.00元

目 录

白兰花开

清早，天光还未大开时，阿嫒就已经把采摘下来的白兰花以两朵为一对，用细铁丝扭个扣，再整齐地排列在匾篮里。篮底儿兜着簇新的宝蓝色棉布，洁白的毛巾轻轻盖着匾篮，花不多，二三十串，花朵半开，娇娇嫩嫩，披着昨夜落下的丝丝雨气，甜腻的香气幽幽地绕着鼻尖转，掸也掸不尽。

阿嫒蹑手蹑脚地忙活着，她舍不得吵醒外婆。春夏相交之际，天气变化最是无常，时风时雨，时冷时热，外婆染了些风寒，身子骨便有些不好了。外婆家的院子里种着一棵茂盛的白兰花树，每到花期，外婆总要早起采摘花朵去卖。昨夜里外婆又咳了半宿，早上便有些沉沉的，阿媛心疼外婆，一心想替外婆去卖花。收拾妥当后，她从厨房里拿了两个昨天外婆做好的馓子（一种油炸食品）和糖枣做早饭，就悄悄地出了门。

“君到姑苏见，人家尽枕河。”外婆家所在的小镇临水而建，偌大的镇子里大小河道穿梭潆洄，小小的乌篷船是水镇人家日常出行的工具。阿媛从乌篷船上下来，随着拥挤的人流踏上了小镇南面的埠头。她轻轻理了理被撞散了的鬓发，又抻了抻身上穿的水红衫子。

水红衫子是外婆给她新做的夏衣，衫子是软缎的薄料子，上面开满了一朵一朵白兰花，花底下是墨绿色的花托，白花深叶，雅致动人。阿媛掀开白毛巾，匾篮里的白兰花一朵朵水灵灵的，让人见了心生欢喜。她拿出一对儿来，簪佩在衣襟上，走起路来香风阵阵，连心情都跟着荡漾了起来。

阿媛学着外婆那样，挎着匾篮走在大街上，一边叫卖：“白兰花，谁要买白兰花哇……”

软糯的声音怯生生地在街巷响起。这还是阿媛第一次沿街叫卖，她从街头沿着洋布店门口朝西走一段，折回来，朝东走一段，又折回来，再向南面叫卖着走去。

“侬的白兰花好新鲜，给我来两朵吧！”一位穿着月白旗袍的年轻女子用手帕包了两朵白兰花，举手投足间，暗香流动。阿媛有些看呆了，女子对她轻轻一笑，她才回过神来，不好意思地低头浅笑。

买卖开了头就好了，阿媛也放开了些，叫卖声轻清软脆，像珍珠落在玉盘上。总有些年轻姑娘、小媳妇和阿婆驻足买上一两朵，她青葱似的手指轻巧地把花缀在阿婆的罗襟、小媳妇的胸前，还会把花簪佩在年轻姑娘的发间，不多时，整条街上都飘满了清幽的芳香。

晌午时分，本来晴朗的天像被人突然拉下了一块缀满了水汽的幕布，沉沉地往下坠，太阳的华彩被幕布盖住了，只余下鸽子灰的天空。阿媛急急忙忙地从街上往埠头赶的时候，天幕像裂开了一个口子，大雨倾盆而下。雨点儿像一颗颗晶莹剔透的珍珠，落在青石板上，发出叮咚的脆响。不一会儿，青石板上的沟沟壑壑里就布满了雨水，像龙泉青瓷上的冰裂纹，一痕一痕地纵横交织着。

阿媛把匾篮顶在头上也只是堪堪能挡一些雨，衣衫很快就被打湿了大半，鞋子里灌满了水。她转身往沿街的店铺跑去，想借屋檐躲躲雨。她闷头往前跑，不承想与一个人撞了个满怀，那人踉跄地差点儿倒在雨水中。阿媛急忙地扶了一把，站定后才发现，她跑到了一家裁缝铺子里来了。眼前的少年正在努力地把挂在门外的样衣和布料往屋里收，他的行动也有些迟缓，阿媛赶紧搭把手把衣服和布料给抱进了铺子里。

进入铺子，少年示意阿媛把衣服和料子搭在临窗的案板上。齐腰高的案板，一头放着剪刀、画粉和尺子，另一头则放着做了一半的衣裳和布料。案板的木色有些斑驳，却光洁油亮，是岁月摩挲留下的印记。旁边的一面墙上挂着做好的衣服，一面柜台上放着一捆一捆五颜六色的布料，边上是一台缝纫机正对着门口。铺子稍显狭小，阿媛的衣服和鞋子有些淌水，她局促地站在门边上，匾篮稍稍放在靠屋里的一侧。雨点儿被风吹得从屋檐上斜洒下来，星星点点地落在她的身上，虽是初夏，却也有些微凉。

“进来坐，”少年招呼她，“椅子在案板前。”又担心她拘束，他说：“我去趟后院，你帮我看一下铺子。”说完也不等阿媛答应，便起身往后院去了。

阿媛顿了顿脚，走进来，拉过椅子，又仔细地把盖在匾篮上的毛巾铺在椅子上，静静地坐着，听屋外的雨声。

身后传来窸窸窣窣的脚步声，不一会儿，少年便出现在阿媛的眼前，他递过来一杯温茶。阿媛轻轻地道谢后，接过茶水，轻啜一口。她垂眸端详着手中的茶盏，瓷白玉胚，素面无华，侧面勾勒着玄青色的梅枝，月影流动，还有两行盈盈的簪花小楷。阿媛不禁念出声来：“疏影横斜水清浅，暗香浮动月黄昏。”

少年有些意外，他使这茶盏不知道有多少次了，还不知道原来那两行字是两句这么美的诗。

“你外婆没有来？”少年也靠着案板坐下问道。

“咦，你怎么知道？”阿媛很是奇怪。

少年也不说话，微微笑着指了一下匾篮。

阿媛也笑了。是了，夏秋时节，外婆总挎着这样一只匾篮在街上叫卖白兰花，别人认出来了也不奇怪。

实则也不然。少年认出了水红衫子是店里春天时节卖出的一块软缎料子。软缎是一匹水红的素缎，是前年爹托人在上海带回来的时髦货。阿娘喜欢水红的颜色，爹本意是托人买来给阿娘做衫子的，没想到阿娘没能熬过那个春天。自此，素缎一半给了娘，另一半便一直留了下来，堆在柜台的角上，一日一日落了尘，染了灰。

今年春天，程婆婆挎着匾篮来铺子里选料

子，还给了小裁缝四五个她做的馓子和糖枣。老裁缝给程婆婆介绍了新进的料子，纯棉印花细布、印花府绸、麻纱、贡缎、提花布等，程婆婆始终笑而不语，突然她眼尖地发现了堆在角落里的水红素缎，非要看一看。老裁缝犹豫了一瞬，转身把布料抽出来，徐徐地在柜台上铺开了。程婆婆把料子托在手上，缎子一漾一漾地像一抹水红的夕阳映照在湖面上，水波流动之际又犹如星子闪动，银河灿烂。

程婆婆眼睛一下就亮了，她弯着眉眼的时候眼角像是镌刻了深深的菊花。她要这块布给从苏州城来的外孙女做夏衫，她已经能想象外孙女穿上衫子时候的妍丽和喜悦了。老裁缝犹豫了一会儿，便同意了，但是他没有卖，而是送。他说这是从前妻子做衫留下的料子，程婆婆既喜欢便拿去，也让它能从角落的尘土里重现光彩。

程婆婆谢了又谢，欢喜地走了。自那以后小裁缝时不时地就会想起阿娘那半块水红的素缎，做活儿累了，歇息的时候会想起；煮饭熬汤，看火苗一跳一跳的时候会想起；春日绵绵细雨鲜少有客，发呆的时候会想起。不知道程婆婆会把衫子做成什么样子的，元宝领还是圆领，方领还是凤仙领，单襟还是双襟，斜襟还是直襟……

春天快结束的时候，程婆婆又来了，她年龄大了，眼睛花，盘不出漂亮的扣子来了，她是来央求小裁缝给她做几个盘扣的。程婆婆把匾篮上的白毛巾掀开，拿出那件做好的水红衫子，衫子在案板上铺开的时候，小裁缝只觉得呼吸都滞住了。

那是一件水滴领、如意襟的衫子，与小裁缝想象得都全然不同。衫子优雅又灵动，最让人心动的还是那精美的绣工。姑苏人擅刺绣，程婆婆年轻时候更是有名的绣娘，她一针一线地在衫子上绣满了一朵朵白兰花，花底儿托着一柄柄绿萼，十分生动而传神，像有花香扑鼻而来。衫子像水波流动，小裁缝便给衫子配了金色丝线盘成的金鱼扣，金鱼扣配着白兰花水红衫子，像鱼儿在水波里游，又灵动又娇俏。

自那以后小裁缝还会想，穿上水红衫子的会是个什么样的女孩儿，又会有什么样的神采呢？好了，现在他看见了。一场突如其来的大雨，送来一个有些狼狈、有些局促的姑娘。他忽然就笑了，继而又轻咳起来。阿媛有些讷讷的，她收了收脚尖，乌黑油亮的长辫子湿答答地拖在脑后。她想，再不回家恐怕就赶不上渡船了，况且太晚回家，外婆也要着急。她再次道谢后，把茶盏轻轻地放在案板上，站起来就要往外冲去。小裁缝拦住她，递给她一把水红的描了兰草的桐油伞。

阿媛抿抿唇，接过伞往外走，像是想起什么，又急匆匆地返回铺子里，把匾篮里剩下的五六朵白兰花一股脑儿地放在案板上，才打着桐油伞走进了雨幕里。

幸好乌篷船还在，有篷子挡雨，阿媛便从容了许多。船娘一篙撑开，乌篷船缓缓地划开水面，留下一丝丝涟漪。急骤的雨点儿打在乌

篷船上发出哒哒哒的声音和着船上乡邻们的吴侬软语，天地间一片热闹喧嚣，阿媛只觉得这一刻岁月缱绻，葳蕤生香。

乌篷船悠悠地划过水巷，到了北面的埠头的时候已经有了浅浅的暮色。阿媛缓步上了埠头，又拐向旁边的柳巷，不一会儿便回到了外婆家。外婆家是一座白墙灰瓦的院落，墙头伸出一丛沾了雨水的、娇艳的凌霄花。

“外婆，我回来了！”

阿媛轻轻地推开院门，就看到外婆正在堂屋门前翘首以盼了。她三步并作两步向外婆走去，外婆拿过匾篮，一边说：“好阿媛，身上都浇湿了！快去换了衫裙，可别着凉了！”

阿媛笑得甜甜的，她把桐油伞轻轻地甩去雨水又仔细地挂在廊下晾干，才回到卧房里换衣衫。外婆梳洗擦干她那长长的秀发，又端来香喷喷的饭菜，坐在一旁听阿媛说卖花的趣事，还有裁缝铺子里的少年和茶盏。

“哦，他呀，是小裁缝阿瑾。”外婆笑道，

“喏，水红衫子上的金鱼扣就是他盘的呢。”

阿媛有些意外，继续又笑了，心想，他真是个手巧的人呢。

她接着问外婆：“是木槿的‘槿’还是瑾瑜的‘瑾’？”

外婆哪里懂得什么瑾，只说别人都这么叫的。

晚间，阿媛和外婆并头躺在纱罗帐子里说着悄悄话，阿媛劝外婆同她一起去苏州城，阿婆只轻轻地叹息，一搭一搭地给她打着葵扇。

夜色是无脚的精灵，它湿答答的身子一伸一展，便从这一家的门廊漫到另一家的檐下。

裁缝铺子是前店后院，老裁缝做好了饭，阿瑾也把铺子拾掇好，关上了店门。父子俩都不是话多的人，自从阿娘走了之后，爹的话就更少了。

“晌午来的是谁？”爹吃着饭，突然问道。

“哦，是来躲雨的人。”阿瑾愣了一下，回道。

“听着是个女孩儿。”爹又说。

“嗯。”阿瑾不知怎的就有些脸红了，和

女孩儿单独相处，他还是头一次。随即他又咳嗽起来。

“你这咳嗽的毛病要去宝芝堂抓服药才好。”爹有些忧心地说道。

阿瑾用手背掩住嘴，默不应答。

“早点儿睡下吧。”爹说。

阿瑾轻轻地起身。

阿瑾临睡前想起那几朵白兰花，便放轻了手脚，把花取来挂在帐子里，刹那间，一帐幽香，让人心生安宁。

第二天，云散雨收，阳光从白兰花树的罅隙间落下来，在地面上留下一串串像铜钱一样的粼粼光斑。昨天未摘的白兰花今天就有些开过了，阿媛小心地把白兰花采摘下来摊在圆圆的竹匾上晾晒。初夏的阳光热烈，一两天便能把白兰花晒得干透，散发出混杂着阳光的暖融融的暗香。

自那日淋雨后，阿媛有些感染了风寒，本是不碍事的，但是外婆非要她歇息几日，她便专心温书，打算秋天回去考学。看书累了，她便去看那把水红色的伞。

镇上的桐油伞是极有名的，外婆曾告诉她，要做一把油纸伞，需经过锯托、穿绞、网边、糊纸、扎工、幌油、箍烤等九十多道工序才能最终完成。

她轻轻地打开伞，在阳光下捻动着伞柄，一缕阳光落在地面上，像一根金线缀在黑色天鹅绒质地的披风上。她仔细地查看，原来伞面上有一道细细的口子。她向巷子里的伞匠师傅要来青柿子做的黏胶，又剪了一条细细的云皮纸，小心翼翼地填补上伞面的罅隙。接着她把用凤仙花挤出来的水红汁液均匀地涂在云皮纸上，最后刷上生桐油，撑开伞，晾在午后并不灼热的阳光下。

生桐油也散着一种香，随着细风在院子里淡淡地氤氲。

这一日天晴，外婆把白兰花拾掇好，又串了好些茉莉花手串。浓白的花朵铺在簇新的宝蓝色棉布上，分外娇妍可爱。阿媛挎起匾篮往埠头上走去，不多会儿便乘上了乌篷船，晃晃悠悠地，两盏茶的工夫就到了南面埠头了。

“白兰花，茉莉花，谁要买花哇……”阿媛高声叫卖着。

今日天气晴好，又是市集，上街的人多。姑苏的人们喜欢闻香簪花，在繁华的丁字街上，阿媛东西南北地来回折了两三遍，花很快就卖得差不多了。

阿媛还要去还伞。她来到裁缝铺子的时候，正赶上裁缝铺最热闹的当口。铺子里有问价钱的，有问料子的，有讲扯布做衣服需要多大尺寸的，有只拿了布正照镜子的……老裁缝忙着量体裁衣，小裁缝则轻声慢语地支应着各种情况。

阿媛也不急，她跟在众人后面仔细打量着这间满满当当的裁缝铺，找一找，看一看，总能有新鲜的发现。几捆色泽鲜艳的丝线，一小堆颜色各异、花色不同的布头，还有些做好的盘扣……

咳咳咳，一阵咳嗽声响起，阿媛吓了一跳，

回头一看，是小裁缝站在旁边。她环顾四周，晌午时分，客人们已经走得差不多了，只有老裁缝在照顾着几个老主顾。

“喏，伞还你，谢谢！”阿媛笑着把伞递给小裁缝。

小裁缝没有说话，点了点头，拿起伞往后院走去。这时，阿媛注意到他的腿脚有些缓慢。很快，小裁缝又回来了，还是端来一盏茶。阿媛坐在案板前的椅子上，捧着茶，闻着茶香，眉眼就笑开了。

“你叫阿瑾？”阿媛歪着头问。

“嗯。”小裁缝倒也不觉得奇怪。

“我外婆告诉我的！”阿媛有些得意，小裁缝也笑了。

“是木槿的‘槿’还是瑾瑜的‘瑾’？”阿媛发出疑问。

阿瑾有些被问住了，他说：“是王字旁的瑾。”

“哦，是瑾瑜匿瑕的‘瑾’。”阿媛恍然大悟。

阿瑾有点儿茫然。

阿媛忙解释道：“‘瑾’就是美玉无瑕的意思。”

小裁缝的脸一下就有些微红了。

阿媛要走，小裁缝慌忙地站起来要送，不慎绊到案板的桌腿差点儿摔倒在地上。阿媛忙伸手扶一把，才发现小裁缝的一条腿原是有些跛脚的。

小裁缝看阿媛盯着腿看，便也坦然地说道：“小时候摔的，接骨的时候没接好落下的毛病。虽然腿脚不好，但是你看，我的手是好的，我还可以做一个好裁缝。”

阿媛有些怔住了，半晌，她才若有所思地点头说道：“就像白兰花，精美的苏州园林里它长得，河畔院落里它也长得，不管有风有雨还是有晴天，它都长得。”

阿瑾有些愣住了，旋即脸上绽放出光彩来，仿佛终于觅得了知音。自阿娘走后，他的心里第一次开出了花。

阿媛离开后，铺子里总是弥漫着一股花香，

阿瑾仔细地察看后，发现桌角处放着一包用桃花纸包好的花茶。

“哎呀，这可是好东西。”老裁缝看见白兰花茶的时候说道，“白兰花能缓解肺热、痰热，止咳、化浊，我早该想到的。”

不知为什么，阿瑾的眼角一酸。

午后，阿瑾给自己泡了一盏白兰花茶。浅褐色的花瓣被热水冲泡后，一瓣一瓣地舒展开来，刹那间，白兰花馥郁的香味弥漫在小小的铺子里。

阿瑾的咳嗽果然好了很多，夜间也能睡得沉了。他在临窗的案板旁一边做活计一边侧着耳朵听，总盼着那声清脆的卖花声在街上响起。

阿媛好长时间没有上街了，她温习功课之余也会想起小小的裁缝铺子和少年。阿媛回到水乡，实则半是休养，半是陪外婆。去年，她的左手意外受伤后无法用力，尤其手指屈伸不灵活，不得已，阿媛放下拉了多年的心爱的小提琴。阿爸阿妈宁愿阿媛能哭，但是她只是日复一日把自己关在卧室里，关在自己的一方天地里。是外婆托人来信，邀阿媛回到儿时的水乡，她才恢复了些生气。

遇到阿瑾后，她震惊于阿瑾对命运的豁达和柔韧——“像白兰花，精美的苏州园林里它长得，河畔院落里它也长得，不管有风有雨有晴天，它都长得。”这句话是说给阿瑾听的，何尝不是说给她自己听的呢？

夏天快过去的时候，阿妈来信了。阿媛动身回苏州城去考大学，她决定改学文学，做一棵哪里都能够生长的白兰花树。

“喏，这是阿媛采摘下来的白兰花，仔细地晾晒了一个夏天呢，泡茶最好了。”入秋的第一天，程婆婆来到裁缝铺子里，递给阿瑾一包散发着暖香的白兰花茶。

阿瑾不知道阿媛还会不会回到水乡来。秋日的阳光下，他打开桐油伞，轻轻地转动伞柄，奇怪，那一线阳光怎么不见了？他端详着伞面，终于发现那一处小小的、补得严丝合缝的罅隙，他轻轻地抚摸着，像是在抚摸一段熠熠生辉的岁月。

“阿媛，”阿瑾轻轻地念出来，“媛”字发音温润绵长，有一种特别的音韵，“不知道是哪个‘媛’，是园林的‘园’、团圆的‘圆’，还是柳絮才媛的‘媛’呢？”

阿瑾的神情里没有惆怅，注定一派欣然。

“阿瑾，有客人来了。”老裁缝在前头铺子里唤阿瑾。

“唉，就来！”阿瑾仔细地收好桐油伞后，起身向明亮的前方走去，步态依然有些缓慢，却非常坚定。

烽火中的星星花

一

当天边最后一抹霞光散尽，夜色就越来越浓了。月亮在树梢上升起来，像一面白玉镜子把银白的光洒满了村落。

村东头一群孩子正热热闹闹地排练着节目，领头的是儿童团团长，今年刚满十四岁的张小满。

“老李叔，劳烦您把胡琴拉起来！”小满朝土台子左侧坐着的，身穿白褂子的老人说。老李叔是游击队的老情报员，拉得一手好胡琴，平日里他没少传授抗日儿童团团员们斗争经验，小剧场开演时他还负责伴奏呢。

“好嘞！”老李叔答应着，不一会儿，葫

芦头做的胡琴发出欢快的曲调，演出的氛围一下就给营造得足足的。

“今天咱们第一场戏是《抓汉奸》，第二场戏是《送军粮》，宏宝你演汉奸和敌寇……”小满给伙伴们做演出安排。

“不行！”没等小满说完，宏宝就发出了抗议：“凭什么每次都是我演坏蛋呀，上次就说好了，下回换我来演英雄！演八路军战士！”

“宏宝哥，临时换角色，能行吗？”石头问。

“那咋不行咧，这两场戏我们演出过好几次了，每个角色我都熟悉，我能演好！”宏宝梗着脖子说。每次排练后回家，他都偷偷地扮演起儿童团团长和八路军战士，那些英雄的角色早就在他脑海里生根发芽了。谁不想演英雄呢？偏偏每次都叫他演坏蛋。

听到胡琴声的乡亲们陆陆续续地点着火把来了，儿童团团员们乱成了一锅粥，都在讨论谁演哪个角色。小满略一思索说：“好，今天宏宝演儿童团团长，我来演坏蛋！以后，咱们轮流扮演角色，行不行？”“好！”伙伴们纷纷回答道。

一切准备就绪，土台子前也聚满了说说笑笑的乡亲们，有的大姑娘、小伙子还点着了干木柴来代替灯光，在前排围了一圈。小满领着十多个孩子手拉着手站在前台当作前幕，开幕后分向两边，演出就正式开始了。

八名抗日儿童团团员双手握着红缨枪大踏步走出来，唱着歌，孩子们整齐的歌声响起，乡亲们就安静下来了。

“集合！”宏宝今天扮演的是儿童团团长，他激动得连声音都有些颤抖了。

儿童团团员们迅速集合，站成两排。宏宝的声音响起：“不给敌人带路，不念敌人的书，不吃敌人的糖，不给敌人送信，不告诉敌人藏粮的地方！”团员们齐声高喊。

“好！听说最近敌寇又要来扫荡了，你们可要盯仔细点儿。”宏宝叮嘱大家。

团员小兰香说：“敌寇扫荡，我们可不怕，

我们八路军队长带着队伍设了埋伏，正等着敌寇上套呢。”

石头说：“咱们让敌寇有来无回！”

团长宏宝挥手命令团员们回到各自的哨岗上，他带领儿童团团员们站岗放哨，盘查过路的行人，干得可真带劲儿！

这时候，从土台子另一侧走过来一个穿黑衣、戴着毡帽的瘦高个子，他东张西望，想要偷偷进村。

“站住！把路条拿出来！”宏宝和其他三个儿童团团员端起红缨枪，前后左右包围了他。

瘦高个子嬉皮笑脸地说：“我是八路军，你们放我进去，我有特别任务。”

宏宝警惕地命令他：“快把路条拿出来给我们看！”

瘦高个子抖抖身子，耍开了威风：“我是给八路军送信的，一定要亲自交给首长。哼，你们耽误事，负得起责任吗？”

宏宝叮嘱大伙儿：“别害怕，不要上他的

当！”大伙儿会意地点点头，手里的红缨枪举了起来。

宏宝继续追问：“你说你是八路军，你是八路军哪个团的？”

瘦高个子结结巴巴地回答：“四、四团。”

“那你认识张叔叔吗？四团炊事班的张大伟叔叔。”石头高兴地问他。

“认识，认识，老张跟我是老伙计了！”瘦高个子脱口而出。

“呸！”石头吐了一口唾沫说，“胡说，你不是八路军，因为四团根本没有一个叫张大伟的人！”

瘦高个子见势不妙，扭头就跑。

“抓住他！送回村审问！”四个儿童团团员一齐扑上去和瘦高个子打起来。团员小兰香大声地喊：“快来捉汉奸哪！”

“抓汉奸！抓汉奸！”台下乡亲们也激动地跟着喊起来，有人被仇恨冲昏了头脑，分不清现实还是演戏，闷头冲了上去照着瘦高个子就打起来。

“不要打啦！不要打啦！”儿童团团员们急坏了，“他是小满！”宏宝挡在小满的身前喊着。老李叔放下胡琴就冲了过去，很快下面的乡亲也冲上来把打人的年轻人拉开了。

被打的小满反倒拉下毡帽，哈哈大笑起来：“没事，大家都痛恨汉奸，我高兴！”

“把坏蛋演好也是很重要的任务哩，能激发人们的斗争热情！”村里的文化教员秋菊姐鼓励小满说。

小满得意地说他演的坏蛋比宏宝演得更像，自那以后，从地主、汉奸演到敌寇，小满演得是越来越出神入化，观看演出的乡亲们有时候都分不清谁是小满，谁是汉奸、敌寇了，小满白白挨过好几拳，可他却高兴得不得了。

小满带领的儿童团在周边村落巡回演出，不仅宣传了抗日，还吸引了越来越多的孩子们参加儿童团。儿童团团员们在小满团长的带领下聚到一起，除了参加劳动还每天操练队伍、学习文化知识、传送情报、侦察敌情，游击队队长都夸他们呢！

二

村子往南二三十里的地方有一处日伪军的据点。春天，小满带着儿童团团员假装捉虫喂鸟、放风筝，在附近转悠了三五天，发现那里修建起了一座防备严密的大仓库，来来往往的大车送来大批物资。

老李叔及时把儿童团收集的情报送到八路军游击队，游击队又通过一番侦察，发现敌寇把掠夺来的粮食、棉花、煤炭、木材和大量军火物资都暂存在仓库中。这些物资都会源源不断送给日本军队，这对游击队将会是很大的威胁。游击队陈队长决定毁掉这座仓库。

“咱们要想办法把周围的地形图和作战计划送到镇上药铺去，由情报员老赵送往其他镇上的游击队，按照计划，里应外合，集中火力消灭敌人。”陈队长说。

“因为这批物资，近日日伪军人数增加了不少，盘查的关卡也增加了一倍，要想带情报通过关卡去往其他地方不容易。”老李叔皱紧了眉头。

“日伪军盘查大人严格，但是对小孩儿盘查得就比较松。”来参加会议的儿童团团长小满想了一会儿说：“陈队长，我请求您把任务交给我们儿童团，我们保证完成任务！”

“你们小孩儿演个小剧场、站岗放哨就很了不起了，送情报这样的要紧事还是交给我们大人来。”游击队里年轻的小张叔叔说。

“我们小孩儿一点儿也不比你们大人差，一样能当抗日英雄！”小满不服气地大声说道。

“是，你们当然是抗日小英雄，可这件事太危险，你们还是侦察情报，在村口站好岗就行。”小张叔叔分辩道。

“就是危险也要去！你们能为抗战流血牺牲，我们儿童团也能！”小满不服气地说。

“好了，大家都静一静。”老李叔示意大家静下来。陈队长沉吟了一刻才说：“我看小满的主意不错，让他们试一试。办法由你们自己来想，怎么样？”

“保证完成任务！”小满高兴地行了一个军礼，这就是立下了军令状了。

小满把伙伴们集合起来商讨对策。

“我们扮作走亲戚的小孩儿不就行了？把情报缝在衣襟上。”石头说。

“你傻啊，走亲戚哪有小孩儿自己去走的？再说了，情报缝衣襟上是个人都能想到啦！”兰香说。

“我可以扮作乞丐，偷偷地溜进去！”宏宝说。

“哈哈，你可一点儿也不像乞丐！”兰香哈哈笑起来。宏宝长得一张圆圆脸，又喜庆又可爱，怎么看也不像乞丐。“团长才更像乞丐呢！”兰香又说。小满长得黑黑瘦瘦的，身上没有多余的肉，再戴一顶破烂瓜皮帽，把破烂小袄一穿上，活脱脱就是一个小乞丐嘛。伙伴们都笑了起来。

“哎，我看行！”小满正发愁呢，听兰香这么一说，他一拍大腿有了主意，“我扮成乞丐，宏宝和老李叔扮成走亲戚的财主，准行！”

“那情报放在哪里？”宏宝着急地问。

“放在馒头里啊！日伪军要是盘查我，我就当场吃掉馒头，一个小乞丐饿极了吃馒头不会引起怀疑。如果能趁乱冲出去，我就揣着馒头找到镇上中药铺子里的郎中老赵，把情报传给他。”小满说。早在去年，小满就跟老李叔悄悄地去过镇上的中药铺子送情报，路也熟得很。

老李叔和陈队长听了儿童团的计划都觉得可行性很强，他们和小满、宏宝又反复斟酌了细节，决定后天就出发。

刚巧，春日里连绵的小雨停了，这一日晴空万里，过往的行人比往常多了不少，盘查的卡位处更是排了很长的队伍。有走亲戚的乡绅，有做小买卖的生意人，有进城办事的农民，还有些衣衫褴褛的乞丐。

这时，一对父子骑着小毛驴过来，大人的面相敦厚，戴着黑毡帽穿着绸缎短衫，小孩儿长得小脸蛋圆嘟嘟的，手里捧着一个馒头正啃着。父亲对着日伪军点头哈腰地从短衫中掏出银圆，突然一个小乞丐从旁边窜了出来，一把夺了小孩儿手上的大白馒头就跑。小孩儿气得直跺脚，牵着毛驴就追，毛驴嘚、嘚、嘚地差点儿把旁边盘查的日伪军给撞翻了，场面一时混乱，那父亲又是点头哈腰地道歉，又是拿出一把银圆来。“长官、长官，消消气，去喝点儿茶，是我这小儿不懂事，冲撞了长官了。”回过头来，父亲一巴掌打在小孩儿的脑门上，“瞧你眼窝子浅的，不就是一个馒头吗？追什么追！还不快给长官赔礼道歉！”

小孩儿哇的一声就哭了，“对，对不起。”他结结巴巴地说。

“行了、行了，少碍事了，过去吧！”日伪军掂量了一下银圆，摆摆手让父子俩过去了。

那小乞丐正是小满，他顺利地抢过了馒头后，头也不回地往城中心的中药铺子跑去。

小满刚到铺子，就被眼尖的老郎中认出来了。他不动声色地看了一眼旁边的小学徒，小学徒马上就会意了。“哟，哪来的小乞丐，快走，快走！”他挥手赶着小满。

小满一猫腰钻进了柜台里，小学徒紧追着跑，小满从柜台溜进了后院，小学徒也跟着跑进去，刚到后院，小满就把馒头扔到了小学徒的怀里。小学徒对他点点头，小满就从后门跑出去了。小学徒把馒头一掰，里面的纸条就露了出来，他赶紧快步向师傅走去。

老郎中是出色的情报员，很快就通过来买药、看病的同志把情报输送了出去。

到了十五那天，月亮又圆又亮。小满和其他团员们悄悄地埋伏在日伪军据点附近，趁着换防的兵力空档，石头用弹弓往对面射了几颗石子儿，石子儿直往几个日伪军的面部飞去。

日伪军端起刺枪向石头的方向走去，石头

一扭头就往弯曲的土路跑，把一小队日伪军引到了茫茫无边的青纱帐里，很快伏击的游击队员们就和日伪军交上了火。小满趁乱偷偷地摸进了仓库里，把几个火折子扔进了棉花和军火物资上，不一会儿仓库就燃起了熊熊大火，日伪军被前后游击队夹击，刚退到据点就又被大火逼了出去。战斗进行到了后半夜，负隅顽抗的日伪军被英勇的游击队员们全部歼灭了。

陈队长清点人数，除了有几个游击队员受了伤，还有石头躲进青纱帐时，被飞过来的子弹擦伤了胳膊以外，战斗没有减员。大伙儿正高兴，突然宏宝叫起来："小满！小满不在！"

大伙儿冲到了一片废墟的仓库那里，哪里有小满的影子！

"小满！小满！"老李叔一边翻着废墟一边叫。

"团长，团长！"儿童团团员们也纷纷加入了搜寻的队伍。

大伙儿心里明白，小满大概是牺牲了，老

李叔忍不住抹了一把眼泪，儿童团的孩子们都哭出声来了。

“咦，你们怎么都在这里？”就在大家悲痛的时候，小满的声音突然从身后响起。

“小满！”听到小满的声音，大伙儿立刻围了过来。

“你上哪儿去了！”老李叔又惊又喜，伸手就拍了小满后背两下。

“嘿嘿，我去淘了一把机关枪！”小满嘿嘿笑着。大伙儿这才发现，小满手里正端着一支黑漆漆的大家伙，正是火力最猛的机关枪。

“小满你没死啊！”宏宝鼻涕眼泪糊了一脸。兰香、石头还有其他儿童团团员们也都眼睛红红的。

“我好好的，你们哭什么？”小满满不在乎地说，“如果真到了我牺牲的那一天，你们可不许哭鼻子！”

“小满，你胡说什么啊！”兰香红着眼睛说。

“我可没有胡说！等我长大了就去参加八

路军，战斗就会有流血牺牲，我不怕牺牲！”小满大声地说。

“等我们长大了也要参加八路军！”儿童团团员们纷纷说道。

“你们现在就是小八路军战士了！”陈队长朗声地说道。

清点了人员和物资，大伙儿抬起伤员和物资回到村里，陈队长和老李叔向大伙儿汇报战况，儿童团在这次行动中发挥了极大的作用。

大家都夸赞儿童团团员们年龄虽小，却个个机智勇敢，是了不起的抗日小八路军战士。

老李叔笑着说：“穿上马褂像坏蛋，戴上瓜皮小帽像乞丐，拿起红缨枪又是威风凛凛的儿童团团长！小满团长可真了不起！”

“宏宝和他的小毛驴也立了大功！所有的儿童团团员都是了不起的小战士！”陈队长竖起了大拇指。

这还是儿童团第一次出这么大的任务呢！孩子们得了夸奖，兴奋得脸蛋都红了。

“陈队长，我想要那支机关枪！”小满用手摸着漆黑铮亮的机关枪爱不释手。

“小满，你现在年龄还小，机关枪在你手里发挥的作用远不如八路军里一名成熟的射击手所发挥的作用大啊。”陈队长对小满语重心长道，“等你长大加入了八路军，我保证给你申请一支机关枪，怎么样？”

“只要用它来打敌寇就行！”小满虽然满心不舍，但是也明白陈队长的苦心，他想通了，郑重地把机关枪交到了陈队长的手里。

小满带领的儿童团没有机关枪，但是人人都有一把红缨枪！

三

繁忙的秋收过后，妇救会的妇女们就忙着纳鞋底、纺线织布了。大家铆足劲儿没日没夜地劳作，争取在冬天来临前把御寒的衣物和充饥的粮食送去给前线的八路军战士。

儿童团团员们除了日常放哨和送情报以外，还纷纷参与到了妇救会的日常劳作中，和大人们一起抛梭踏机熬到三更。大婶儿大娘们劝孩子们去睡觉，可谁也不肯，都聚在煤油灯下穿针引线缝军衣、做军鞋。

“大伙儿都用心纳鞋底，把线缝得密密的，把军鞋做得结结实实的，让咱们的八路军战士穿着踏实，好上战场杀敌人！”妇救会主任桂香婶子在动员大伙儿。

“八路军战士穿上咱们做的鞋，身体健康力量强，英勇杀敌好安邦！”村里的文化教员秋菊姐高兴地说。

“秋季里来稻谷黄，快做军鞋送战场。军鞋送往我儿手，盼我儿平安回故乡。”李奶奶边纳鞋底边哼唱起了歌谣，她的三个儿子全都参加了八路军。儿子们在前线杀敌，老母亲在后方为战士们做军鞋、摊煎饼，李奶奶说她和儿子们一样，都是在抗日。

乡亲们起早贪黑地忙碌了整整十天，一切

物资都准备妥当了。一筐筐的军鞋和军衣还有粮食装得满满当当的，陈队长知道乡亲们把过冬的粮食和衣物大半都贡献出来了，等到了春天青黄不接的时候，乡亲们只能挖野菜、剥树皮吃，衣服也是破破烂烂的。想到这里，陈队长眼角溢出了晶莹的泪水，无声地滑落在脸颊。时间紧任务重，陈队长当即率领游击队员们运送物资上前线。小满和宏宝、石头自告奋勇也要一起去送物资，老李叔和陈队长商量了一下，日伪军最近受到了各方游击队的多次袭击，兵力损失惨重，估计不会来扫荡了，此次运送物资也不会太危险，正好可以给孩子们一个很好的锻炼机会。

“老李你说得对，孩子们是革命事业的接班人，要多锤炼才能成长为出色的战士。”陈队长决定让他们跟着一起去送军粮和军鞋。

一大早，粮食就被乡亲们装在了七八个独轮车上，军鞋都放在箩筐里。乡亲们送出去好远才停住了脚。叔叔们挑起了箩筐，孩子抢着推独轮车，战士们都不同意，怕他们累着。

“我今年都十四岁了，力气大着呢！”小满对着跟他抢独轮车的年轻战士说。

“我知道儿童团团长小满同志能干着哩，我十四岁的时候可远不如你。”年轻战士笑着说，小满不禁把腰挺得更直了。

“那是！哎，同志你叫什么名字啊？”小满问。

“我叫王书年，今年二十岁了，山西晋中人。”年轻战士回答道。

“你的名字真好听！我在小满出生，我爷爷就管我叫小满。”小满说。

“小满，那天真是对不住了。”突然，王书年认真地说。

“啊？”小满有些摸不着头脑。

“你小子演的汉奸太像了，白白挨了我几下老拳。”王书年歉意地说。

“没事，大家都痛恨汉奸，我高兴着呢。”小满挥挥手，满不在乎地说。

“我父母是中学老师，也是地下党员，是因为汉奸的出卖才牺牲的。”王书年低声说，“父母牺牲后我就辍学参军了。”

小满很替他难过，王书年却说打敌寇就是为父母报仇了，现在乡亲们就是他的亲生父母。

“你在识字班认了不少字了？”他问小满。

“那当然了，我都会写信了呢！”小满骄傲地说。

“哟，真了不起，还是个小秀才呢！”他笑着说，“你要认真学文化，将来要到学堂去学更多的知识。父亲跟我说过，学好知识将来才能更好地建设新中国！”

“嗯，等抗战胜利了你也去学堂，我们一起去！”小满高兴地说。

“好！等到胜利后我们一起去学堂！”王书年说。

“快跟上！”陈队长发现小满和王书年落后了就大声地喊道。

“唉！”小满和王书年欢快地应了一声，

使劲推车很快就赶上了队伍，大家说说笑笑不出半日就到了两山交界处，翻过这座山就到了八路军的根据地了。

陈队长让大家休整一会儿，老李叔一边抽着旱烟一边观察周围的情况。“这里山多林密，常有土匪出没，我们要小心。”老李叔说。

休息了一刻钟后队伍继续往前走，大伙儿进入了警戒状态，一边赶路一边注意周边的风吹草动。

宏宝和石头趴在土路上听，前方隐约有马蹄声传来，立刻报告了陈队长。陈队长命令游击队员们马上进入战斗状态，老李叔和王书年还有两名战士以及儿童团团员们则负责就近找地方隐藏物资。

大家迅速按命令行事，小满一行人推着粮食进入了附近的密林里，老李叔告诉大家他年轻时候在这里打猎，发现有一处山洞可以隐藏。很快，两边人马就交上了火，战斗打响了，马的嘶鸣声、枪声混在一起，在密林里格外声势浩大。几个土匪看见了密林里的护粮小分队就策马追了过来，老李叔和王书年立即开枪掩护，小满、宏宝和石头还有另外几个游击队员一人推着一辆独轮车往前赶。

过了大约两刻钟，密林里的马蹄声消失了，老李叔和王书年击毙了追来的几名土匪后也赶了上来。在老李叔的带领下，护粮小分队顺利地来到了山洞里，把粮食藏好了。

儿童团团员们年纪虽小，但是有伏击日伪军据点的经验，倒也不觉得害怕，就是可惜了还有几筐军鞋，不知道能不能保住。

“土匪劫不了粮就干脆拿火烧，要不是藏粮及时，乡亲们的心血就白费了！”老李叔唾骂了一句。

小满身形瘦小易于隐藏，他偷偷地到洞口侦察。又过了差不多一刻钟，枪声渐渐小了，他爬到坡上去，只见远处一面红旗在风里飘扬，这是游击队战斗胜利的信号。小满高兴地回到山洞去报告消息。

“土匪都被消灭啦，陈队长让我们归队了。”小满高兴地说。

大伙儿高高兴兴地推起了独轮车就要赶路，这时候，小满发现王书年还没有动身。

“书年哥，走哇！”小满拉他一把，没拉动，王书年却身子一歪，往一边倒下去了。

“书年哥！”小满大声地叫起来，大伙儿听到叫声都围了过来。“书年、书年！”“书年哥！”

原来刚才击毙土匪的时候，王书年腹部就受了伤，他以强大的意志力持枪守在洞口保护儿童团团员和粮食，一直坚持到了战斗的胜利。

“小满，我不能和你一起去学堂了，这支笔送给你。”王书年用他那双颤抖的手从口袋里掏出一支钢笔郑重地放到了小满的手里。小满、宏宝和石头都哭了，老李叔和两名游击队员也抹起了眼泪。

战斗中还有两名队员牺牲了，陈队长命令大家把牺牲的队员就地掩埋了。青山埋忠骨，牺牲的同志留下守护着山河，活着的同志继续踏上革命的征程。

小满把钢笔仔细地藏在胸前的衣兜里，和大家一起向牺牲的同志们郑重地行了一个军礼。儿童团团员们和游击队员们一起把军粮和军鞋送到了前线，送到了八路军同志们的手里。

又是一年春来到，漫山遍野的山花开得红艳艳的。抗战儿童团像花儿一样纷纷开在了广袤的中国大地上。

抗战中的儿童团团员们是盛开在烽火中的星星花，在风里摇曳，向着太阳歌唱……

凤穿牡丹

“十月山城灯火明，家家织锦到三更。”

自入冬以来，阿婆的身子骨便不像以前那么硬朗了，往往是好几天、病几天，像冬日火塘上忽明忽暗的火光，时而跳跃，时而沉寂。但只要阿婆坐在古旧的脚踏提花织锦机前，她的精神头又起来了。牵经、串中、穿扣、编花本、织锦，红、黄、蓝、绿的丝线在经纬交错的编织之下，光滑平整地寸寸递增，逐步呈现出多种渐变的明快动人的色泽，而花纹也渐渐呈现在了锦面上，等半日时光过去了，锦也织出了一段了。

阿婆一连几日坐在织锦机前，织出的壮锦也越来越长，妲秀每天放学后总要坐在织锦机前陪阿婆织一会儿锦，日子也在经纬交错间倏然而过。她渐渐地看出来，几何纹为底的锦面上，牡丹花瓣已经绽放了一瓣，妲秀从这一片花瓣里看出阿婆是要织出壮锦有名的“凤穿牡丹图”呢。

妲秀听阿爸说，阿公在阿爸很小的时候就去世了。那时候，年轻的阿婆日复一日地坐在织锦机前，硬是用一双巧手织出了全家人穿的衣裳、吃的粮油、住的屋舍，还有孩子们上学的学费。后来，阿爸和姑姑们都长大了，生活条件也逐渐好了起来，阿婆仍然放不下织锦机。以棉线为经、丝线为纬，原色与五彩交织，一经一纬间，阿婆把高山流水、花鸟鱼虫，还有对日子的满足、对生活的追求、对美好的祈愿都织进了壮锦里。

壮锦一如既往且浓烈饱满，而阿婆在日复一日的劳作中渐渐衰老，白霜爬上了青丝，脸上的皱纹也像盛开的菊花，更糟糕的是，如今的阿婆也像是经历过深秋后进入冬季的菊花，虽然还挂在枝头，内里却是气息奄奄，眼看着就要凋落了。阿爸请来十里八乡有名的大夫，汤药喝了一碗又一碗，阿婆的情况却没有好转，阿爸和阿妈日日长吁短叹，姑姑们也愁眉不展。

阿婆一宿一宿地咳嗽，近日连最爱的织布也做不成了。大部分时间她躺靠在屋里的榻上，时而清醒，时而迷糊。清醒的时候，她微笑着，用颤颤巍巍的手给妲秀梳理长长的辫子，也会教妲秀织锦——牵经、串中、穿扣、编花本、织锦，五彩的丝线经纬交错，美丽的凤穿牡丹在婆孙俩的手下徐徐绽放；迷糊的时候，她竟连妲秀也认不得了，妲秀觉得阿婆生病的日子就像未着色的粗布，灰白而缺少色彩。

后来，阿婆清醒的时候越来越少，迷糊的时候越来越多，那一幅凤穿牡丹便搁置在了织锦机上，再没有了绽放的光彩。每次妲秀放学路过堂屋的织锦机，摸摸那幅完成了一半的壮锦，她都会忍不住一阵心酸，总要强忍着才把眼眶里的那滴眼泪给压下去。

“阿婆，”妲秀在阿婆床前轻轻地唤她，“我放学啦。”

“唉。”阿婆用力睁开紧闭的眼睛看一眼姐秀，随即又闭上了。

姐秀像阿婆以往为她梳头那样，轻轻地拿木梳梳理阿婆的白发，轻轻地跟她说起学校的事情。阿婆清醒的时候会回应一两句，迷糊的时候还会问她：“你是谁？你看见我的凤穿牡丹了吗？是我阿妈教我的！”每当提起阿妈，阿婆灰败的脸色才会有一丝神采。

姐秀听阿婆说过，她的阿妈是十里八乡有名的织娘，阿婆的一手精妙的壮锦就是她的阿妈手把手教的。其中，凤穿牡丹更是一手绝活，阿婆足足学了好几年的织锦技艺才把凤穿牡丹织得活灵活现。听姨婆说，阿婆织的牡丹像是能闻到花香，而凤凰好像下一刻就会在锦面上腾空飞起一样。

阿婆是带着那幅凤穿牡丹嫁给阿公的，后来阿公生病的时候，阿婆就把凤穿牡丹卖了换药钱了。再后来，忙于生计，阿婆织了数不清的壮锦，也织过凤穿牡丹，唯独没有时间给自己再织一幅凤穿牡丹了。

当听阿婆再一次说起她阿妈的时候，妲秀再也忍不住落下泪来，泪水像断了线的珠子哗啦啦地往下掉，有几滴落在阿婆的脸颊上。

阿婆许是感受到了凉意，她又睁开浑浊的眼睛，眼神里有难得的光亮。她挣扎着坐起来，靠在床头上，妲秀连忙端来汤药要喂给阿婆喝。阿婆摇摇头，问她："妲秀，你哭什么呢？"

"阿婆，"妲秀忍了又忍，眼泪还是从眼眶里奔涌而出了，她哽咽着说道，"我不想你死，人为什么要死呢？"

"傻孩子，山中难得千年木，人生难有百年寿。像这天上的日出到日落、月圆到月缺，也像这山头中的山茶树，从发芽到伸展枝干，再到开花结果，果实再落回到土地里，来年又长出新的嫩芽一般。人要经历生老病死，都是没有办法的哟。"阿婆轻轻地抚摸着妲秀的头发说。

姐秀明白，阿婆是说，生命是大自然的规律，也是生生不息的循环。

“阿婆，你觉得这一生有什么遗憾吗？”姐秀想了一会儿，哽咽地问道。

阿婆笑了，她的脸一刹那像迸发出了光彩，皱纹舒展开来就像一朵盛开的花：“没有。”阿婆开心地说道：“阿婆唱过山歌，喝过油茶，翻过大山，蹚过江河，品尝过生活的酸甜苦辣，哭过，笑过；阿婆也遇见了山间的一缕风，遇见一棵树，遇见我阿妈，遇见你阿公，遇见你，遇见壮锦。尤其是壮锦，阿婆把一丝一线热烈的颜色满满当当地织进了壮锦里，就像我的一生从空白变得绚丽，每一个角落都被色彩填满了，阿婆觉得没有什么遗憾了。”

阿婆轻轻地抚摸着姐秀的辫子，说着说着，眼睛的光亮散去，她又渐渐地变成了糊涂的模样，一遍一遍地嘀咕：“你看到我的凤穿牡丹了吗？那是我阿妈教给我的……”

姐秀下了一个决心，她要把凤穿牡丹给阿

婆织出来。她课余的时间都用在琢磨织锦上，一有时间就往姨婆家跑，还有其他的阿婆、婶娘们都把自己的技艺毫无保留地教给她。姨婆抹着眼泪说："妲秀，你阿婆一定会很开心，咱们的壮锦技艺可以传下去啦。"

整整三个月，妲秀除了上学和陪伴阿婆以外，她整日端坐在织锦机前，像阿婆曾经那样鸡鸣而起，夜深才歇息，织锦机"咔嚓、咔嚓"的声音在堂屋里时时响起。听着织锦机的声音，阿婆梦中的呻吟声也渐渐地平息了许多。

在一个黄昏中，凤穿牡丹终于织好了。整幅壮锦充满了热烈、活跃、欢腾的气氛。只见牡丹花斑斓、绚丽，花丛中，两只高贵华丽的凤凰跃跃欲飞，画面丰富统一，古艳深厚，华而不俗。阿婆轻轻地抚摸着锦面，一颗浑浊的泪从眼角落了下来。在泪光中，她仿佛又变成了那个妙龄的新娘子，捧着绚丽的凤穿牡丹，坐在花轿里，缓缓地向未知的生活走来。

阿爸说多亏了妲秀，阿婆走得很安详，没

有遗憾。但妲秀知道，是阿婆让她明白了生命的意义，也是阿婆让她的人生更加圆满。

阿婆把凤穿牡丹留给了妲秀，就像她的爱永远陪在妲秀身边一样。

妲秀知道，从此以后，无论人生中遇到什么样的阴霾，生命都终将像壮锦一样饱满而热烈，绽放华彩。

火种少年

一

当晚八时整，当掌板敲响，其他乐器就演奏起了主旋律，把演出气氛营造得足足的。过门音乐刚停，一声如莺如燕的清音响起："咿呀——"余音袅袅，宛如珠玉，人未出场先闻声。

懂行的人一听便知，这正是城里最负盛名的戏班——庆余班的堂会，出场的正是名角玉如意。若是往常，戏还没开场，台下早就起哄声不断，要叫玉如意登场亮相。等到玉如意一声润如珠玉的开场声响起后再开口念白，台下便会响起掌声、欢呼声。

今日倒是奇了，撇开庆余班不说，单说今

天请堂会演出的太白酒楼也与往日的推杯换盏、小二端着酒菜飞快地来回穿梭的境况大不相同。台下明明坐满了人，却鸦雀无声，人人端坐在酒席前，庄严肃穆。

这分明是一场鸿门宴，被迫参加的各界名士心里跟明镜似的，却又敢怒不敢言。灯影里，花旦温润柔婉的声调响起：

“粉墙花影自重重，帘卷残荷水殿风，抱琴弹向月明中。香袅金猊动，人在蓬莱第几宫？”

日伪军警头目稀稀拉拉地喝彩，又威胁地环顾四周，大伙儿迫不得已也只能跟着附和点儿掌声，营造出和谐热闹的氛围来。

小二们陆续上了菜：芝麻皮乳猪、脆皮炸蟹钳、牡丹鲜虾仁、脆皮乳鸽、八宝冬瓜盅……最后连点心都上齐了，还没找到能把消息传出去的法子——整条街上都埋伏着人，人是出不去的，进的人却不拦着，太白酒楼的东家齐老板面上不显，内里却沁了一身汗，把长袍里的褂子都濡湿了。

庆余班的顾班主，老生唱得最是出彩，装扮好后也到台下来频频作揖，一副谨小慎微的模样，眼角余光不经意地和齐老板对视一下，心里也泛着苦味。这可如何是好？

头两天，日伪警署来庆余班通知他演一出大戏，地点就定在他的庆余戏院。而上级派来的联络员也要在第三日到达，接头地点就定在人来人往的太白酒楼里，人多事杂最能避人耳目，又恰逢庆余戏院牵扯了日伪的注意力，天时地利人和，顾班主心里暗暗叫好。

不承想，第三日，日伪军警直接把戏班的人都拉到了太白酒楼里，打了他一个措手不及。暂停接头的信如果送不出去，后果将不堪设想。

顾班主心里正煎熬着，那边的小徒弟摆手示意他过去，他连忙作揖说去做一下准备。

“师父，金鑫不知什么时候摸到后厨偷吃，蟹吃多了，天气又热，还灌了一肚子凉茶，现在闹肚子闹得厉害。这茅房都上了三四趟了，浑身发软，怕是上不了台了，这可如何是好啊？”

金泉一边说一边擦汗。

他是小一辈里的小师兄，管教师弟不力怕师父责备，更怕那些日伪军责难，到时候整个戏班子就得吃不了兜着走！

金鑫是顾班主的亲儿子，才满十一岁。明明是梨园世家出生的孩子，偏他对学戏没兴趣，就爱一口吃的，且只要他吃过的美食，自己上厨房总能再捣鼓出个八九不离十，连灶房的老杜头都怕自己要失业了。

平日里对这样的不务正业顾班主是恨铁不成钢的，今日却觉得金鑫这毛病犯得太是时候了！一个主意在他脑海里蹦了出来。

恰好金鑫捂着肚子走了过来，刚一张嘴叫声“爹”，就被顾班主一把拉住说：“一会儿我设法叫人送你出去看病，你随便去哪个诊所，但要沿途大声嚷是太白酒楼的菜把你吃坏了！”金鑫圆瞪着双眼不敢置信，他爹怕不是跟太白酒楼有什么过节吧？

“你要忘了嚷嚷，回头看我怎么收拾你！”

顾班主板着脸说道。

金鑫被顾班主拉到日本宪兵队队长和日伪军警头目面前的时候，肚子还在咕咚咕咚地响，下一刻就又要忍不住了，他双腿发软，脸色苍白，摇摇晃晃的。

“不敢搅了贵人们的雅兴，求长官让他去诊所看看吧。”顾班主一再作揖。日本宪兵队队长和日伪警长交谈了两句，日伪警长捏着鼻子，摆手让金鑫快走，同时示意旁边的便衣跟上。

金鑫自己是走不出去了，他现在成了软脚虾。太白酒楼的小东家齐东来从角门溜了进来，一把扶住金鑫说：“我送他去！”那东来也不过十一二岁的年龄，今天他是偷溜着来太白酒楼听戏的。

说来也怪了，那齐东来家三代都是商贾，他偏生对做生意和读书都没什么兴致，就爱唱戏，专爱学那武生，平日里没少往庆余班里跑。他天生是吃唱戏的饭，举手投足就有那范儿，因此没少被顾班主拿来跟金鑫比较，久而久之，两人年龄相仿非但没做成朋友，反倒是整日里针尖对麦芒的。

齐东来存了看金鑫好戏的心思，架着金鑫就往门外拖，到了大街上两人就打闹了起来。这个嚷着："就是你太白酒楼的饭菜把我吃坏了！吃坏啦！吃坏啦！太白酒楼太坏啦！"那个就堵着对方的嘴："我叫你说！"

整个大街都响着金鑫那大嗓门儿，这一打一闹的，金鑫就又拉了裤子，不得了了，金鑫哭着喊着："坏啦，坏啦，太白酒楼太坏啦！"

五光十色的广告牌灯下，熏得时髦的女郎和男士都避之不及，连便衣都捏着鼻子不愿靠近，市井民众哈哈大笑起哄着，浑然不觉在不远处骑楼街的拐角，有一个青衣长袍男子，悄悄地拉下了礼帽的帽檐，顿了一下脚，顺势就拐进了旁边的胡同，很快就在夜色中消失得无影无踪了。

那一夜，太白酒楼一派盛世太平，齐老板和顾班主把台下一众人等的表情尽收眼底。

等庆余班回了戏院后院，一番忙乱收拾行头安顿下来，顾班主进了厢房，笑眯眯地看着虚弱地躺在大通铺上的金鑫，一掌拍在金鑫的后背上，说：“好，拉得好！等你好了，我单独给你叫一席，你爱吃什么，只管点菜就是了！”

反常的顾班主把金鑫吓出一身汗来，肠胃炎也就好了大半儿了。

果不其然，等金鑫好全以后，顾班主领着金鑫到了太白酒楼雅间里，单独给他点了一桌子菜，吃得他战战兢兢的，也不知道他爹跟这太白酒楼的东家是有仇还是没仇。要没仇，何苦要坏人家的名声？要有仇，又何必来光顾人家的生意？

金鑫惶惶然真的就往窗外看了一眼——日上中天，天知道今天早上的太阳是从哪边出来的？

二

很久以后，当金鑫和东来后知后觉两人当

年误打误撞完成了一项多么重要而惊险的任务的时候，心里是既后怕又自豪。

自那事之后，少年好奇的天性让金鑫和东来逐渐摸出了些蛛丝马迹，顾班主和齐老板索性也不瞒着他俩了。

“老顾啊，革命要有继承人，让他们早点儿知道也是好事。”齐老板拍着顾班主的肩头说道，又笑着对两个娃儿叮咛，“但要严守秘密，还要坚毅和忠诚！”

金鑫和东来眼见山河破碎风飘絮，又亲见巷口、桥洞里难民饿殍满地，普通老百姓的日子也难以为继的境况，在学堂里还有思想进步的先生给他们带来先进的思想，他们逐渐形成了坚定的信念，越发成熟了起来。

金鑫和东来还是针尖对麦芒，你不服我，我不服你，两人只要在一起就掐架，大有老死不相往来的意思。偏每次出任务，两人还得在一起，也只好别别扭扭地相处了。

两人常常趁晚上宵禁，利用对地形熟悉的

长处，溜到各个巷口趁着夜色分发油印的进步报纸，还往城南送过几回信，除了有一回东来被狗撵得跑了三条街以外，两人还算事事顺利地完成了任务。就因为这，东来被金鑫笑了好久，两人便大抵扯平了。

但这一次的任务却让顾班主和齐老板也觉得有点儿沉重。

在伪军司令部潜伏的同志设法把日军准备进攻支队根据地的行动计划的消息和军用地图传了出来，可是怎么把消息安全顺利地送达支队根据地却让他们犯了难。

太白酒楼和庆余班都太打眼，他们自己是断然离不了城的，况且在行动前的风声鹤唳中，日伪军加强了城内管控，这个时候任何一个人离城只怕不但送不出去情报还会打草惊蛇。

时间紧、任务重，再三思虑后，两人决定让金鑫和东来一起去送情报。按规划好的路线，两人会先乘船到番禺的市桥镇，再乘坐宝安来的船到达东边海岸，一上岸就找到前哨站，后面的事情自有那边的同志去完成了。

金鑫手巧，他把地图按倍数比例缩小，最后在一张小小的纸片上就把地图给复制成了。小到一条街、一口井都描绘得清清楚楚的，金鑫把小纸团塞到耳朵里，就跟金箍棒收进了孙悟空的耳朵里一样，无影无踪。东来见了也不由得暗暗佩服。

庆余班顾班主的儿子不务正业，整日里招他爹的烦，这事半个城都知道。这一日，又一次贪嘴误戏后被顾班主直接扫地出门，一班师兄姐们一再求饶都无济于事，那顾班主的儿子也硬气，扛起铺盖卷，头也不回地走了。

那头太白酒楼的少东家，读书经商一窍不通，偏咿咿呀呀地学唱戏，这一日又是连着几日逃学之后被那齐老板一脚踹出了家门，直言只当没这个儿子了。那齐东来连铺盖都没拿，拍拍屁股就走了，走得那个洒脱。

不巧，在城门口，这一对冤家碰上了，一番唇枪舌剑，冷嘲热讽之下两人就缠打在了一起。混乱中，两个人的钱包被一个小乞丐给顺走了，没了钱那可是寸步难行，两人拔腿就追，没等守城的伪军反应过来，两人和小乞丐都没了影子了。

身也搜过了，银圆也搜刮了一些，都是不成器的公子哥，伪军也没当回事。

两人好不容易在渡口把小乞丐拦下，把钱包拿了回来。小乞丐可怜巴巴地说：“两位哥哥饶了我吧！我家在乡下，半年前随我阿爸来广州城走亲戚，不想亲戚没找到，反倒和我阿爸走散了。我找了半年了，没钱吃饭，只好乞讨，今天也是迷了心窍才做出这样的事，求你们饶了我吧！”

索性也没丢失什么，金鑫和东来摆摆手让小乞丐走了。两人假装大声商量着，既然都是被家里赶出来的倒霉蛋，不如就握手言和一起去闯荡好了。

在售票处买好了票，等船一靠岸，两人就随着大人们鱼贯而入。在船舱里坐定下来，正松了口气，就听到旁边有人喝骂声响起。

“走开！小乞丐，这也是你来的地方？你买票了吗？”一个西装革履的男人携着一个旗袍女郎，一脸嫌弃地挥手赶着一个小乞丐。

金鑫眼尖，发现正是抢他们钱包的小乞丐。“哎，你过来！”金鑫挥手叫他过来问道，“你上船干什么？”

小乞丐难为情地，红着眼圈说道：“我家原本就是乡下的，我来的时候就坐的这样一条船。我跟大伙儿混上了船，上了船我就能回家了，回了家我就不用做乞丐了。家里还有阿婆、阿妈、弟弟……”

“好了，别说了。你的票我买了！”金鑫一挥手便做了决定，东来本想提醒他不要多管闲事，以防节外生枝，可看到此情此景也难免起了同情之心，也默认了东来的行为。

“你这个细伢仔还真是个好人哪。”旁边一个穿着长衫的中年男人挤了过来，赞赏地说道。“哎，你们去哪里，你们家大人呢？” 中年男人问道，他自称姓许，是做草药生意的，经常在周边各地往来。“你们要去哪里，这周边我都熟，兴许我能帮上忙。”中年男子说道。

“我们从家里自己跑出来的，只想随波逐流，船到哪，我们就到哪，倒也没个目的地呢。”东来答完又反问道，“你呢，你去哪？”

“我嘛，要到乡下去收点儿草药，小本买卖，现在世道艰难，也没余钱雇个伙计，只好自己去跑一趟了。”自称姓许的商人说道。

“这城里就没有我不知道的犄角旮旯，你那药铺开在哪里？”东来饶有兴致地问道。

“哪里有什么正经的大铺子，我那小铺子啊就开在丰禾街上，太小了，你未必留意过。”他说。

东来把话在心里转了一圈，丰禾街基本是开药铺医馆的，倒也对得上。

“我看两个小哥心火有些旺啊，不如也来几片甘草片。”那商人说着就从衣兜里拿出手绢包着的一小包甘草片来，一边递过去一边说道，“我出门在外常备些甘草片，现在天气热，正好降降火。”

没有什么可疑的地方，金鑫和东来对视一下，松了一口气，暗笑自己有些草木皆兵了。突然，金鑫眼尖地发现递过来甘草片的手，拇指和食指的夹缝处有茧子，一个开药铺捡药的老板绝对不可能有这样的茧子，那分明是由于长期握枪而形成的！

金鑫又仔细看，那人脖颈处有道细的疤痕，像是利器留下的，怎么看都不像一个正经的商人。

看来，他们刚一出来还是被盯上了，金鑫暗暗压下了疑虑，漫不经心地接了甘草片，说声谢了，便闭目养神了。那小乞丐补了票，怕自己身上的脏污惹人责骂，就往船舱后的角落缩着去了。

那客商和东来有一搭没一搭地聊些闲话，期间有人说些时政的事，时间一长，大家在船上都有些蔫蔫的，三两个小孩儿的哭声此起彼伏，妈妈们又哄又喝，掺杂着船工喊号子的声音，让大家心里都有些又烦又乱。

金鑫看着在闭目养神，心思却不知道转了几个弯。他得找到机会跟东来单独说上话，制订下一步计划，如果贸然去了目的地，到时候情报送不出去，还会暴露了交通线，那后果将会不堪设想。

看情形，那个自称客商的人就跟狗皮膏药一样甩不开，要和东来单独说上话并非易事。他突然灵光一现，对了，反过来，他们也可以利用他……

三

从市桥镇下了船，所有要乘船往其他地方去的人们都要在镇子里住上一晚，第二天才会有船来。因为有码头，往来人多，生意做得不错，因此小镇虽小，却也不寥落。

那个许姓客商非说偶遇就是缘分，何况他们也没其他去处，不如就一起结伴上路。晚上非要请他们在镇上有名的宝丰饭店吃饭，夸他们年纪虽小一看就不是普通人家的孩子，他正想做些别的买卖，以后回了城，还请多关照。

金鑫和东来发现，从市桥镇下了船，警戒越发严厉，据说也是这几日才加强的戒备。无论是谁要坐上去往各地的船都需要良民通行证。

除非是小乞丐，否则在这样的乱世里，穿戴整齐单独出门的半大不小的孩子反倒有些惹人注意，要想上船难于登天，这是出发前大家没想到的。

“我倒真想继续闯荡，可是现在寸步难行，实在不行我们还是回去讨个饶，服个软，就算啦。”东来假意劝金鑫道。

“这个，咱们有缘我也不瞒你们。你们要想出去，也不是没有办法。我因时常出门，通行证总要多备几张的，给你们不是不行，但有一点，”那商人说道，“你们得把为什么出门去，具体要到哪里去给我说明白，我可不想平白担了拐子的名声。本来是想结好，没承想结了怨，到时候你们两家要是找上我，我在城里可要彻底待不住了！”

“回家！回家有吃有喝，我可不想遭这罪了！”东来一副破罐子破摔的样子。

“呸！”金鑫唾东来一口说，“你还真丢得起那人！闯不出点儿门道来，我可不回去！”

“哎哟，我肚子疼，你们家茅房在哪？”正说着话的金鑫突然捂着肚子就往茅房跑。

“你呸谁呢？哎，你给我说清楚！谁丢人了？”东来不依不饶地跟着往后院跑去。

那客商见状立即起身想要跟上去，店小二以为他们是耍计谋，遁地吃白食，哪里肯放他走，就这么拉扯了一会儿。

金鑫和东来自小就打打闹闹长大，只需一个眼神、一个手势，对方就能明白得透透的了。因此就店小二拉扯的那会儿工夫，金鑫就已经连比带画地把疑点告诉了东来，两人又制订接下来的计划——利用敌人的暗探帮助他们通行，再绕路，扰乱视线，最后伺机除掉他。

等那客商匆忙来到后院，只见这两人一个在茅房里一个在茅房外正对骂得欢。他心里暗暗好笑，真是一对活宝，就这对活宝还能干出什么事来？料想这一趟跟梢多半是白费工夫，那客商的警觉心就放下了大半。

等三人再次坐下来的时候，已是月上柳梢头。一番商议，两人决定跟着客商一起走。

东来说道："反正我们也没地方去，你去哪，我们就去哪，好歹学点儿做买卖的本领，回头叫家里刮目相看。"

第二日早上，两人拿着良民证，自称是客商的儿子和侄子，真的就跟着客商上了船，再下船，再上船。如此过了两日，那客商心里暗暗叫苦不迭，推说今年雨水多，药材不好，不收购了，干脆回家。

东来二人心里也焦灼得像热锅上的蚂蚁，时间紧，任务重，再转悠下去非误事不可。这一日，东来提出往东海岸那边走走，看看新鲜玩意儿、舶来品。那客商也说去看看，出来一趟，给妻儿买些物件，也不算白来一趟。

上船前，金鑫眼尖地发现那客商偷摸溜到街角，不知道在墙上写画些什么，片刻又混在人群里离开了。如果不是金鑫一直看着他，谁也发现不了。金鑫和东来知道，这是敌人留下了信号，奈何他们又没法脱身。

正着急，突然，一个人撞了东来一下。东来往旁边一瞥，竟是那日上船的小乞丐！小乞丐对着他们微微点头就消失在了人海里，很快又出现在街角处，在那处墙面那不知道涂抹着什么，再定睛一看，哪里还有人影？

上了船，安顿下来。金鑫和东来两人发现，连日身边来若即若离、似有似无的人影统统不见了，那客商神色也有些慌乱。

空气十分闷热，周遭的嘈杂声如响鼓一样咚咚咚敲在两人的心上。不知道那客商留下了什么样的信号，如果让他继续跟着他们上了岸，无疑是引狼入室！现在，他们要做的就是闭气凝神，想出办法来。

就在这个时候，东来嚷嚷着太闷热，径直到了甲板上吹风，那客商立即拉着金鑫也挤到了甲板上去。突然，东来轰然晕倒，全身抽搐，口吐白沫，把周边零散的几个在甲板上散心的人都吓得赶紧让出空地来。

金鑫吓坏了，冲过去托起东来的头，就把拳头伸了进去。他见过金泉师兄犯癫痫病就是这个样子的，很快金鑫的拳头就被咬得鲜血淋漓了。

“快，他癫痫病犯了，快来帮忙！”金鑫吼着。疑心有诈的客商，手原本已经探到了内衫的枪上，看到两人这番形容，不觉松了口气。他把手伸了过去，托住东来的头，一手还拽着手提包。

东来突然一个鹞子翻身，以迅雷不及掩耳之势，用巧劲儿把那客商打翻下了船——这全有赖于他练武生的功底。不想那客商落下的时候，死死抓住了金鑫的胳膊。

金鑫在船上，客商在船下。金鑫甩不开那

客商，胳膊上血痕一道一道的，眼看着那客商脚蹬着船壁就要借势翻上船来了，金鑫厉声喊东来：“快，耳朵！”

东来明白，这是金鑫让他把地图取出来，他自己决心和那客商同归于尽！

东来冒出一身冷汗，在紧迫中，他颤抖着摸出了金鑫左耳里的纸团，塞进了自己的左耳里，转身就走。

东来知道，做革命就要不怕流血和牺牲。可为什么偏偏是金鑫，而不是他？

东来满眼噙着眼泪，脑子里闪过这些年和金鑫在一起的一幕幕。他不敢回头看，只知道自己要往前走，要不惜一切代价完成任务。

扑通，身后一声落水的声响，人群也发出“啊！”的一声，东来眼里噙着的泪扑簌簌往下落。

在东海岸，东来顺利地通过接头暗语和前哨站取得了联系，安全而及时地把情报和地图送了出去。

任务完成后，东来觉得自己浑身的力气都用尽了，有些颓然。

“你看看，那是谁？”前哨站的领导笑着指向门外。

“东来！”一个熟悉的声音在院子里响起来。东来突然精神大振，站起来就冲出门去。那院子里站着的不是金鑫又会是谁？

两个小伙伴第一次热烈地抱在一起不是因为打架，而是劫后余生的欢呼。

旁边还站着一个半大小子，正是那小乞丐。

“他啊，叫小栓子，别看年龄小，他可是我们富有敌后战斗经验的战士！”领导笑着介绍小乞丐。

原来小栓子从广州城出发的当日就扛上了暗中保护东来和金鑫的担子，在去东海岸前他机智地把客商留下的信号更改了，让他们自己兜圈子，随后也混上了船，在千钧一发之际，小栓子掏出了匕首对准了那客商的脸……

“哈哈哈——”三个小伙伴抱在了一起。

轰隆隆——天空炸起了响雷，山雨欲来，乌云积卷，黑压压地沉下来。就在这时，阳光冲破层层乌云，刹那间迸发出奇异的光彩来，像英雄的火种在天际熊熊燃烧……

皮影生明月

大街小巷覆盖得严严实实的，也把西安城现代的痕迹覆盖了，只剩下白雪红墙，琉璃瓦黄，像是回到了梦中的长安。

“雪落长安”是爸爸讲给鹭升听的。西安是爸爸的家乡，每年北京飘雪时，爸爸就绘声绘色地给他讲西安的雪景。曾经，鹭升对西安的雪景也充满了期待，可现在他一点儿也不喜欢“梦中的长安”，他想回到梦中的家，有爸爸、妈妈的家。

正是放学的时候，鹭升背起书包第一个冲出了教室，一股夹杂着浓烈寒意的微风迎面吹来，鹭升把外套的拉链拉上，闷闷地快步走出校门。雪地靴在雪地上发出嘎吱的声音，任凭身后来接他放学的爷爷怎么叫他，他都没有停下来。

鹭升的爸妈到国外去进修两年，把他从北京送回西安爷爷家读书已经有几个月了，可鹭升在学校里说过的话屈指可数——他不大听得懂课后同学们说的西安话，有些当地孩子喜欢的游戏，他也融入不进去，久而久之，便生出些孤独的感觉来。

他快步甩开爷爷，只想自己静静地待着。待走到一个湖边公园，鹭升累了，他用手套把公园长椅上的雪花扫落，坐在长椅上歇息。他一会儿想以前的同学和伙伴，一会儿想爸爸、妈妈，不知不觉，眼眶里有了水意，他忙抬头看看天空，已是暮色沉沉了。华灯初上，长椅旁的路灯把鹭升映成了浓墨剪影落在泛着白光的雪地上。百无聊赖的鹭升看着自己的影子有些出神，他伸出手去，上下摆动，竟像有一只老鹰掠过，他来了兴致，手指翻飞，蝴蝶、兔子、孔雀，还有爸爸、妈妈……各种人物、花鸟在灯下闪亮登场，又悄然退场，鹭升便觉得热闹了许多，寂寞也排解了许多。

“你喜欢影子？”不知什么时候赶上来的爷爷静静地看了鹭升好一会儿，才挨着他坐在长椅上。鹭升没有说话，爷爷也不在意。过了一会儿，爷爷也玩起了手影，他的手影更加丰富，仅凭两只手，就从雪地上变幻出了四季，从春草发芽，到大雁南归，鹭升看得入了迷。突然，爷爷的手影又有了变化，这次从雪地上跳出了齐天大圣。“呀！跟头轮来去无踪，俺孤身大闹天宫！”爷爷边唱边演，竟然用手影演了一出《大闹天宫》，鹭升惊讶得眼睛都瞪圆了。

“喜欢影子？”爷爷又问。鹭升从惊讶中回过神来想了想，羞怯地点了点头。“喜欢影子还不简单？走，爷爷带你去看皮影戏！”爷爷高兴地拿起鹭升的书包，牵着鹭升的手往公园里走去。到了公园中心，那里有一座小小的室内舞台，那舞台十分简单，只有一块白色的幕布。雪后虽然有些冷，但幕布前坐满了看戏的老人和小孩儿，爷爷为鹭升找了个座位，叮嘱他不要乱跑后便转到幕后，不知道干什么去了。

一阵锣鼓、唢呐和丝弦声响起，好戏开场了，鹭升只好按捺住去找爷爷的心思，静静地看起皮影戏来。“白袍乌甲素包巾，丈八蛇矛手内揾，今与吕布去交战……”浑厚的唱腔响起，鹭升一下就来了精神。他听爸爸讲过《三英战吕布》的故事，看皮影戏却还是头一回。渐渐地，皮影人偶带着激愤的唱腔在白幕布上厮杀翻腾，在光影交错间，鹭升仿佛置身于古战场上——战鼓声声、兵器撞击、马蹄铿锵、铃铛作响，马鞭飞旋、你来我往，刘备、关羽、张飞三兄弟在虎牢关大破吕布！

一场戏演完，幕布垂下来，鹭升才渐渐从皮影戏的光影世界里回过神来。表演结束了，人们三三两两地散了，月亮也已经高挂在树梢上了，不知道爷爷在做什么，鹭升心急，便转到幕后去找。鹭升一眼看见爷爷正在幕后收皮影呢，看见鹭升，爷爷便唤他来。“怎么样，皮影戏比手影更好玩儿吧？”爷爷笑着问他。

“嗯。爷爷，你会演皮影戏？”鹭升惊讶地问。

“哈哈哈，你爷爷可是个老皮影人了。”旁边一位头发花白的爷爷哈哈大笑。

鹭升有些羞赧，他从小在北京长大，对爷爷了解得太少了。“爷爷，其他人呢？”鹭升好奇地问。幕布后只有三五个人，擦拭乐器的，收拾皮影的，大家干得有条不紊。

“哪里还有其他人，都在这里喽。”爷爷笑着说。

“可，”鹭升挠挠头，“明明像是有千军万马。”

“是不是这样？”爷爷双手舞动影偶，瞬间幕布上便聚集了百万兵马，把鹭升看呆了。

“三尺生绡作戏台，全凭十指逞诙谐。有时明月灯窗下，一笑还从掌握来。”爷爷说，皮影戏只需要一个简单的戏台，三五个皮影人，在光影的借助下，灵活的手指在幕后用木杆操控影人，就能讲述人生百态和妙趣无限的故事。

鹭升觉得有趣，他喜欢皮影戏的光影和热闹，觉得心里的寂寞和孤独被皮影戏驱散了许多。他缠着爷爷教他，爷爷高兴得胡子都翘起来了：“好、好，现在的年轻人都不大喜欢皮影戏了，可这是古老的艺术啊，你们小娃娃愿意学，皮影戏就后继有人啦！”

迷上了皮影戏，鹭升便觉得日子过得飞快。放学时，鹭升不再快步自己走了，他会盼着爷爷来接他，一路上听爷爷讲评书《水漫金山》《三打白骨精》，若是时间充裕，还能跟爷爷去看皮影戏。

周末，鹭升还常跟爷爷去文化馆的小剧场去学皮影表演，还学制作皮影。爷爷说，做皮影要经历选皮、制皮、画稿、过稿、镂刻、敷彩、发汗熨平、缀结合成的八道工序，还要经过三千多刀的手工雕刻，才能制作出惟妙惟肖的精美皮影。鹭升没有被爷爷的话难住，他坐得住，静得下心，很快就能制作出简单的皮影人偶了，剧院的爷爷们都夸他，心灵手巧呢！

因为会制作皮影人偶，会演皮影戏，鹭升在学校很受同学们欢迎，逐渐地他融入了新学校里，也成了爷爷家那个院子里的“孩子王”。鹭升不仅能演《三打白骨精》《水漫金山》，还会自己编些新鲜的小故事，伙伴们都很喜欢，他自己也快活极了。

鹭升还悄悄剪了一家三口的剪影，还有一轮明月。想爸爸、妈妈时，他便会独自躲在桌布后，手指舞动，爸爸和妈妈依偎在一起，他们的怀里抱着一个小宝宝——那便是小时候的鹭升。

鹭升还剪了纷纷扬扬的雪花和亭台楼阁，他把西安的雪景都搬到了幕布上。以后，爸爸想家时，他就给他演“雪落长安”，影影绰绰间，爷爷、奶奶的剪影走在雪地上。

鹭升还喜欢在幕布上升起一轮明月。当明月升起来时，鹭升心里的明月也升起来了，把他的心房照得亮堂堂的。

战地黄花分外香

一

天阴蒙蒙的，上海又到了下梅雨的季节，潮湿阴冷的雾气弥漫在空气中的每一寸角落，细密的雨滴顺着屋檐落下来，发出滴滴答答的声音。

十四岁的松玉半偎在床头看书，身上搭了一件玉色的袄子，满头乌发只用一个樱桃红的发卡夹住，黑漆漆地垂在胸前一边。

“国破山河在，城春草木深。感时花溅泪，恨别鸟惊心。烽火连三月，家书抵万金……”松玉默默地读着诗句，心中不由想起大哥教她读这首诗时的情景。那时候的松玉还是个小姑娘，在长江路小学读四年级，1937年日寇占领了上海，竟然取消原小学所有的国文课本，连一般小学生必备的历史地理知识也不准教授了。也就是在那时起，大哥每天晚上从他工作的报社回家给她讲国文、历史和地理。

“哥，日本侵略者为什么跑到中国来，他们凭什么在我们的国家里管我们的学习？”松玉还记得曾经问过大哥这个问题。

“因为他们是强盗！”大哥狠狠地攥起拳头砸在书桌上，语气里有难以抑制的愤怒，“他们想消灭中国文化，从精神上奴役我们，让中国人变成他们的奴隶！”

“唉，”松玉想到这里，合起了书本。“‘国破山河在，城春草木深。’说的不就是现在的中国吗？”自幼父母双亡后，便是大哥领着松玉过日子，松玉没有想到有一天大哥也要离开她。

大哥离开的时候，松玉的头发才堪堪到耳垂，这两三年里，她的头发已经长到了腰间，大哥还是没有回来。她那时候已经朦胧地知道大哥在做着既危险又伟大的事，那些花花绿绿的传单有的还是从她手里发出去的呢。后来，上级安排大哥去了延安，那是一个光明与进步的圣地。

在上海的同志接手照顾起松玉的日常起居，一方面免去了松玉孤苦伶仃，一方面也起到了很好的隐蔽作用。比如现在留在松玉身边的周嬷嬷，实际上就是上海联络站的联络员，而租赁了松玉家楼下大开间的裁缝张师傅则是情报员。

松玉正兀自出神，只听檐下，周嬷嬷的脚步声“沓沓”跑得飞快。周嬷嬷鲜少有如此慌乱的时候，松玉被惊到了，急急地下床找鞋，越急越出错，她干脆赤着双脚迎到门口去。

“同福巷子出事了。”周嬷嬷对松玉简略说道，“张师傅已经出去打探消息，这里估计也不安全了，你现在就收拾东西，马上走！”说完她走到窗台旁，把开得正盛的一盆杜鹃端了下来，拿起剪子就把花株拦腰剪断了。

松玉强迫自己镇定下来，迅速穿好鞋子，

把衣服包裹提上，听话地跟着周嬷嬷下楼来到后院的侧门前，刚把门打开，就碰上了打探消息回来的张师傅。

“老罗夫妻出事了，联络站被毁了！我只来得及带出姐弟俩，松玉你带上他们往码头走，到了码头找老赵，走水路去苏北，那儿有我们的根据地！”张师傅来不及解释，转头就跟周嬷嬷耳语些什么。

“去苏北！”松玉被张师傅的话惊住了。她无数次做梦梦见过离开上海，盼着去延安，盼着和大哥见面，却没想到会在这一个雨夜做出离开上海的仓促的决定，却不是去延安而是苏北，更没想到她还会带着两个小孩儿一起去——她自己还是小孩儿呢。

“伯伯，你和嬷嬷不走吗？”松玉颤抖着声音问道。

“我们要留下来，立即启用新的交通站，通知其他同志转移。”张师傅说。

“可是……”松玉还想说什么，周嬷嬷已

经把两个孩子分别牵在松玉的左右手边，急急地吩咐道：“快走，松玉，晚好和景玉就交给你了，从今天开始你就是大人了！”

二

松玉曾帮忙传过情报，对形势也很有警觉性，她知道此地不能久留了，便领着两个孩子一路疯跑。小景玉才五岁，跌跌撞撞地摔倒了好几次，却还能忍住不哭，松玉很心疼。她把景玉背在背上，手里牵着晚好，提着一股劲儿，一气儿跑了好几里地才来到了江边码头，他们的身上全湿透了。

没等他们喘口气，耳边突然传来警报声，松玉回头望去，只见原来住着的小楼方向燃起了熊熊火光，她眼里噙着泪，止不住地担心周嬷嬷和张伯伯。

老赵叔已经等在码头了，看见松玉和两个孩子便走过去接过行李，抱起景玉就向停在岸边的乌篷船走去。

“敌人好像要全城大搜捕，咱们快走！”老赵叔领着松玉和晚好往岸边的船上走去，等大家到船上刚坐定，他就撑着乌篷船摇橹离开了码头。

松玉安顿了两个孩子睡在船板上，她自己却望着一点点远去的上海城怔怔地。不久前她还在暖和的被窝里读着诗，现下竟在这乌篷船上；不久前晚好和景玉还有爸妈疼爱，如今却……真叫她觉得世事无常。

“别怕孩子，赵叔一定安全把你们送到苏北！”老赵叔说。

“嗯。”松玉在心里祈祷着周嬷嬷和张伯伯的安全，一边担心事情有变故，一边又憧憬着到那“光明的、神圣的”根据地去，直到天蒙蒙泛白，她才靠着船舷睡着了。

早上，孩子们也醒了。松玉往同福巷送过几次情报，自然认得姐弟俩，他们是罗老师的孩子。大的女孩儿叫晚好，小的男孩儿叫景玉。

景玉还小，并不知道自己的爸爸、妈妈真正出了什么事，九岁的晚好倒是明明白白的。

昨夜她领着弟弟逃命，紧张害怕得忘了哭泣，这会儿放松了下来就禁不住啜泣起来。松玉把她搂在怀里轻轻地拍着，她不能哭，也不能害怕，晚好和景玉需要她，她现在可是大人了。

这一路上，雨断断续续地下着，小小的乌篷船飘荡在江上，有风浪自不必说，有一次还碰到了日军的巡逻船！

“赵叔，日军巡逻船追上来了！”当那艘日军巡逻船出现在前面的时候，松玉正在船尾处生炉子做饭，抬头看见巡逻船后她压低声音提醒老赵叔。

“别慌，不一定是追捕咱们的！”老赵叔沉着地说道，他镇定地继续撑船，不一会儿巡逻船就突突突地开到近前了。

“停下！你们是干什么的？”一个日本兵端着刺刀讲着生硬的汉语大声地问。

“良民，都是良民！我们一家老小回老家。”

老赵叔一边点头哈腰地说，一边请日本兵到船上搜查。

船上空荡荡的，只有三个孩子，松玉的脸被炭灰抹得黑一块、白一块的。日本兵狐疑地看着三个孩子，突然晚好大喊了一声：“爹！”景玉也跟着喊起来，赵叔连忙安抚孩子们说：“不怕，不怕。”空气像凝固了一样，松玉看着那把晃着寒光的刺刀，紧张得手心直冒汗。

恰在此时，不远处江面上又驶来一艘小船，几个日本兵叽叽咕咕地说着什么，很快就从乌篷船上离开向小船方向去了。

“好险！”松玉拍拍胸脯笑了，晚好和景玉也跟着笑了。“晚好和小景玉真勇敢，真机灵！”松玉由衷地夸赞他们，小孩儿得了夸奖都乐呵呵的。

第二天老赵叔在沿途有码头的小镇补给了物资，一船四人总算有惊无险地度过了一天一夜，在第三天的清晨到达了苏北海门的港口。一上岸，就看到日军岗哨林立。伪军、警察、暗探都围在港口，日本兵还用刺刀向乘客的行李乱捅，气氛十分恐怖。

松玉心里紧张极了，但老赵叔从容的表情让松玉渐渐地平稳了心情，她领着两个孩子随着人群跌跌撞撞地往前走。遇到盘查，老赵叔对答如流，就说老妻病死了，留下三个孩子，没有活路了只好带着孩子回苏北老家投奔亲戚谋生。盘查来盘查去，松玉一行人只有几件简单的行李，没有什么有价值的东西，最后总算是有惊无险，他们顺利通过了码头的铁丝网大门。

走了不远，有个车夫迎面过来对上暗语，老赵叔便让松玉领着晚好和景玉上车，中午时分，松玉一行人到了一个镇，这里是敌我拉锯地带，敌人便衣出没，他们不敢停留歇脚，换乘了马车继续赶路。

连夜赶路之下，大伙儿终于在天亮时分到达了目的地，老赵叔把一张牛皮纸交给新四军驻上海办事处苏北联络站负责人，上面用米汤写着被护送人员的姓名、经历。此时，大家才松了一口气，松玉紧绷的神经松下来后才感觉腰酸背痛，疲劳极了。

“我们到家了吗？”小景玉歪着头问松玉和姐姐。

“是的，我们到家了！”松玉心里很激动。

联络站的负责人进里屋去了，很快就又来了一位领导。松玉惊奇地发现，正是几年前在她家小住过几日的老李同志！

“李叔叔！”松玉跳了起来。她的发卡早就掉了，身上玉色的袄子也都是泥水的痕迹，脸上稚气未脱，一路上她强自镇定，这会儿放松下来就又有了孩子的模样。

“哎呀，松玉长大了！”李主任笑了起来。

“老李，他们就是老罗的孩子们。”老赵叔把晚好和景玉拉到身前。

“叔叔，”晚好说，“我爸妈，他们……”晚好没能说完便哭了出来。

“孩子，我们都知道了。你们的爸爸妈妈是我们的英雄，人民会记得他们的！”李主任为松玉和晚好姐弟竖起了大拇指，他说，“你们都是勇敢的孩子！”

晚好和景玉还小，经组织安排进入了保育院生活和学习，松玉虽然有良好的文化基础，但是年龄还小，就跟在保育院张院长的身边一边学习一边帮忙照顾孩子们，等过两年再进入苏北抗大学习。景玉和晚好高兴极了，他们又能和松玉姐姐在一起了。老赵叔完成了使命，第二天就从苏北匆忙赶回上海，继续协助上海方面重建联络线路去了。

几个月来，松玉和孩子们终于可以睡上安稳觉了，梦里没有火光、枪声、飞机的轰鸣，只有苏北枕河缓缓地从梦里流淌着，把他们一身的疲惫都洗涤干净了。

三

两年的时间过得飞快，松玉也依依不舍地离开张院长和孩子们，从保育院进入了苏北抗大第五分校读书了。晚好和景玉有保育院的老师照顾，松玉得空的时候也常去看望姐弟俩。晚好越来越懂事了，景玉也在一天天长大。

松玉把长发剪到了耳垂处，穿上了军服、戴上军帽和臂章，正式成为一名抗日军人。

在敌伪重兵的严密封锁之下，松玉和抗大第五分校的学员们一面抓紧学习战争形势、军事、政治和科普知识，一面投入战斗中。敌人来犯时，学员们便行军作战，利用战斗间隙组织学习；形势稳定时，学员们又在学习之余，保持日常战备。女生队除学习军事、政治教育以外，还开设了妇女问题和妇女运动等学科。

一边学习一边战斗的日子过得飞快，松玉很快就适应了学校的生活，可惜的是她一直没有见到大哥。原来大哥已经从中国人民抗日军事政治大学毕业了，毕业后就奔赴了抗日前线。他托人辗转带过两回信，勉励松玉要认真学习，争取进步。

大哥在信里写道："我们虽然在不同的地

方却做着同样的革命事业！”松玉期待着和大哥团聚的一天，也许是在战场上，也许是在和平的岁月里，不管在哪里，他们都有着共同的信念，为共同的理想而奋斗着。这样想的时候，松玉觉得心里更踏实了。在学习期间，松玉经由李叔叔作介绍，正式加入了中国共产党，成为一名党员。

又是一年的冬天，长大了一岁的松玉，脸上褪去了稚气增添了几分飒爽英姿。经过两年多的学习，她从抗大毕业了，成长为一名合格的战士。

抗大毕业的学员们大都身背行囊开赴抗日前线，他们肩扛长枪，用树枝做成伪装，随时准备应对敌情。松玉和同学们边行军，边唱着激昂的出征歌：“这是时候了，同学们该我们奔往前线，我们的血已经沸腾了，不除日寇不回来相见……快快上来吧，我们手拉手，去和我们的敌人血战，别了别了同学们，我们相见在前线……”

谁料出发不久，情况突变，已准备投入战斗的松玉和几位同学被召回来，准备派往大后方做工作。

“我不去！”松玉闹起了情绪，“同学们都奔赴抗日前线，为什么就留我在后方？”

“松玉啊，你这个认识不对，难道在后方就不能为革命作贡献了？咱们抗日根据地的广大人民的文化水平落后啊，尤其是农村地区，不识字就看不懂报纸和宣传板报，也不懂时事和政治，如何能提高人民群众的革命觉悟呢？”抗大的政治教员张老师语重心长地对松玉说道。

“派你们去是为了扫除革命根据地的大批文盲，增强广大群众的革命意识，使他们成为中国共产党的坚强后盾，也为革命事业培养更多的储备人才！”李主任说，“松玉，你们的担子不轻啊！深入后方开展扫盲和政治教育，传播下革命的火种，你所付出的不比在战场上小！”

松玉思考了一番，扬起头时脸上已经有了浅浅的笑意。“只要能作贡献，我听从组织的安排！”松玉说完就站了起来，背起背包头也不回地往外走。

“这个孩子，你吃了午饭再走啊！”李主任追了出来。

“我带干粮了！”松玉飞快地答了一句，她赤脚穿着布草鞋走在泥土地上，风风火火地恨不得立马就奔赴扫盲的战场上去，哪里还是一年前披着小袄坐在床沿读书时小女孩儿的模样。“周嬷嬷和张伯伯见了我，一定认不出我来了。”松玉想，“那时我还是个依偎着嬷嬷的孩子，现在我可是一名光荣的战士了！”

在岔道口的时候，松玉和另外几个同学道别，他们分别被派往附近的几个乡镇任教员，松玉则被派往阜宁县去。

松玉一开始想得挺好，她想只要她振臂高呼就能号召来很多学员参加文化学习，结果她吆喝了几天，嗓子都哑了，也没什么人来。她绷着小脸，像遭霜打的秧苗，无精打采的。在当地做妇女工作的桂兰大姐劝她别心急，“做工作一定要开动脑筋，要因地制宜，我相信你一定会有办法的。”桂兰大姐微笑着鼓励她。

松玉一开始想到的就是到各家各户去把半大的孩子抓来听课，可她抓一个，跑一个。整个课堂闹哄哄的，不到半日孩子们就几乎走光了。用石头的话说，“识字不如去捡粪”。他天天领着几个孩子在村庄前的大道上捡过往的驴车、马车留下的粪便，那些粪便可是庄稼的好肥料，他说，来年庄稼有好收成不比识几个字强？

抓孩子参加识字班的行动以失败告终，松玉不由得又泄了气。桂兰大姐建议她可以试着去动员家庭妇女来参加识字班。

“过去的社会老封建，妇女受罪真可怜。来了中国共产党，领导妇女求解放。参加妇女会，参加识字班。又学习来又劳动，谁也不敢瞧不起咱！”桂兰大姐陪着松玉一起做工作。挨家挨户工作做下来，愿意参加学习的妇女不少，可由于家务缠身，妇女们经常缺课，即使来上课也是抱着小的，领着大的，吵成了一片。

松玉没有别的法子，只好打起精神来教能坚持来上课的半大孩子芦花、小满和麦穗识字。到了第八天的时候，小满高高兴兴地来到学堂跟松玉说：“我昨天教会了我妈写‘花’字，可把我妈高兴坏了。我妈的名字里就有个‘花’字，她还夸我是小先生呢！”芦花和麦穗都围了过来，芦花羡慕地说：“等我回去了我也教我爸妈认字，我也要当小先生！”

松玉想起了桂兰大姐说过的因地制宜想办法，她一拍前额，现在办法不就来了吗？大人们忙于活计，没有整块的时间来识字，但是她可以把一批儿童教出来，再通过这批小先生，把知识送到各家各户的天井边、锅灶边、炕头上啊！

“小满，好样的！以后咱们就这么办！你们每天回家后把学到的字再教给家里的亲人，我就授予你们‘小先生’的称号怎么样？”松玉激动地问道。

“我们真的能做小先生？”几个孩子呼啦围了上来。会识文断字才能被称为先生，这是一份荣誉，孩子们激动得脸都红了。

“能，当然能！只要是能教会别人认字的，都是小先生！”松玉高兴地说道。

四

小满几个孩子得了大人们的称赞，其他的孩子也都纷纷加入了松玉办的识字速成班，白天认真学识字，晚上在家里就当小先生，教大人们识字。先学亲人的姓名，再到村镇地名，急用急学，大伙儿识字的热情都被调动起来了。

这下子没有了伴的石头捡粪也捡不开心了。昨天他隔壁家的黄毛丫头芦花竟然嘲笑他不识字，只会捡粪，连他奶、他妈都说等着他回来当小先生呢，做惯了孩子王的石头真是觉得百爪挠心的难受，偏又拉不下脸去求松玉。

这一日他捡粪回来，听到琅琅读书声，他

不知不觉就绕到了识字班旁，被松玉看见了追了出来。

“石头！”松玉想要拉他进教室，“全村的孩子除了吃奶的和学走路的可就差你不认字了！”

正在学习的孩子们哄地笑成了一团。

“我不去！”石头倔强地躲开松玉的手，朝孩子喊，“笑什么笑，会认字有什么了不起？会认字就能打敌人吗？等我满了十二岁，我就去前线找我爸，我们爷俩一起打敌人去！”

“石头，你的想法不对。有了文化才能更好地打敌人哩！”松玉说，“说近了，有了文化就能看书读报，了解时事政治，才能更好地分析战争形势，将来不仅能上前线打敌人，还能当上有谋略和思想的指战员，说不准你就立上大功了呢！”

“说远了，同学们，中国人民在政治上翻了身，但如果不识字，不能在文化上翻身，就不能彻底翻身。我们不仅需要上阵打敌人的英雄，也要建设新中国的人才。识字才能学到更多的科技文化，将来才能造出更好的大炮和飞机，才能更好地建设我们的祖国和家乡啊！”松玉动情地对同学们说，其实也是对自己说的。她为刚开始时不愿意留在后方而闹别扭觉得羞愧，她越发觉得自己的工作很有意义了。

“石头哥，你就留下来吧！”芦花站起来挽留他。

“是啊，松玉姐说了，学半天，劳动半天，等我们下课就跟你一起去捡粪！”小满说。

“你看，同学们都很喜欢你。如果你能尽快识字，我们就让你当班长，怎么样？”松玉笑眯眯地看着他。

“真的？”石头眼睛都亮了。

“当然是真的了！”松玉说着就把石头领到了窑洞教室里坐下来。

“我是说，将来我也可以造飞机、大炮？”石头急切地看着松玉问道。

“当然！后方的政治、经济、军事建设也是抗战！”松玉笃定地说。

识字班在松玉和小先生们的推动下，全村不分男女老少都开始识字念书。没有纸和笔，就用石子儿和石板，有时也用树枝在地上画。石头的奶奶有一回在灶下一边忙活，一边用烧火棍练字，把饭都烧煳了呢。

几个月下来，识字教学工作很有成效，村里有一半的人都能写信、简单阅读书报了呢，这是多么鼓舞人心的消息啊。

除了教识字，松玉还利用多种形式教育百姓、发动百姓。比如，教当地村民唱革命歌曲、自编自演文艺节目等。松玉带领着村民们通过各种形式的活动提高了大家的思想觉悟，巩固了抗日根据地。县里把松玉的方法推广出去，很快，各地的扫盲活动都取得了实质性的进展。

松玉又要离开这里了，组织安排她奔赴更艰苦的战场上去。年轻的松玉不怕，她穿着一身洗褪色了的军装，打着背包，肩上的步枪筒里，稀疏地插了几朵黄色的野菊花，那是石头和芦花他们送给她的临别礼物。

“我们什么时候才能再见？”芦花舍不得松玉，紧紧抱住松玉问道。

“等你们到部队上来的时候，等你们为新中国的建设添砖加瓦的时候，等抗战胜利的时候，到那时，我们一定会再见的！”松玉向前来送行的乡亲们行了一个标准的军礼，然后她转过身，迎着朝阳，唱着抗大之歌，大踏步地向前进。

黄河之滨，
集合着一群中华民族优秀的子孙。
人类解放，救国的责任，
全靠我们自己来担承。
同学们，努力学习，
团结紧张、严肃活泼，
我们的作风……

柿柿如意

阿公的身子骨不像以前那么利索了，有时候还有些昏昏沉沉的，但只要做起竹篾活计，他的精神头就又起来了。砍、锯、切、剖、拉、编、织、削、磨，从一棵竹子到精美的竹器，全靠一把篾刀、一双巧手。粗细均匀、青白分明的篾条像山里幽幽的兰草在阿公的手里翻飞，编织出附近寨子乡亲们采茶的背篓，晾茶的竹簟，筐、篮、椅、筛、竹床……

阿公也常常会在劳累一天之后的黄昏，用竹篾给竹生做几只竹蜻蜓，一群小孩儿争抢着玩竹蜻蜓，小小的竹蜻蜓在暖黄的光中飞舞，像一片片青青的竹叶。

那时候的竹生是快乐的。虽然阿爸、阿妈

在城里打工，可是他有阿公陪伴，一点儿也不觉得寂寞。阿公做活计的时候，他就帮阿公递锯子、篾刀、刮刀，还会学着阿公编一些小玩意儿，现在他已经会做小竹船了呢。小伙伴们的纸船总会沉到小溪里去，只有他的竹船能乘风破浪，小伙伴们都央求他做小竹船呢！

可是阿公越来越老了，老到快要拿不动篾刀了。阿婆走了以后，阿爸几次三番从城里回来想要接阿公和竹生去城里，可阿公不肯，他说十里八乡的乡亲还要用竹器呢。阿爸嗤之以鼻地说，现在的塑料制品比竹器强多了，谁还会想用竹器。阿公总是摇摇头说："你不懂。"

"你为什么非要我回来做个篾匠呢？在城里打工比做竹篾匠挣得多，竹篾匠只能混个温饱。"阿爸不耐烦地跟阿公争辩道。

"这可是个老行当啊！传承了上千年的行当，就这样没了？"阿公总是不解。

阿公和阿爸每次都不欢而散，但这一次阿爸铁了心要把竹生爷孙俩接到城里去——他不放心这一老一小自己住在山里。

阿公最终还是拗不过阿爸，他带着竹生随阿爸到城里住了下来。城里的房子紧紧挨挨的，只能看见一线天空，远不如山里的天空澄蓝辽阔。离了小伙伴的竹生有些闷闷的，而离了竹林和篾刀的阿公更是衰老得厉害，像是开过花的竹子，失去了水分和养料，一天比一天颓败了。

“我想再看一看院子里的那棵柿子树。”阿公说道，他已经有些神志不清了。那棵柿子树是阿公的阿公栽下的，阿公曾经跟竹生说过，他小的时候，柿子树枝繁叶茂，一到秋天就挂满了红灯笼一样的柿子。柿子甜美多汁，他一边吃着柿子，一边看他的阿妈和阿爸在树下编竹器，那是他人生中最美好的时光。

竹生看见阿爸悄悄抹了眼泪，又和阿妈轻轻地商量着什么，两人忙忙碌碌地收拾了两日，到了第三日，阿爸和阿妈便带上阿公和竹生启程回山里去了。

回到山里的竹生和阿公像鱼儿回到了水里，

别提多畅快了。可是阿公已经走不动路了，大多时候他躺靠在屋檐下的竹榻上，时而清醒，时而迷糊。清醒的时候，他微笑着，用颤颤巍巍的手教竹生编一些小蚂蚱、小蜻蜓，迷糊的时候则会失望地嘀咕，柿子怎么还没有结出来呢？

那棵柿子树已经很老了，老到已经不会结果子了，就像阿公一样到了风烛残年了。

竹生不忍心看阿公失望的眼神，他偷偷跑到后山的竹林里默默掉眼泪。

“咔、咔、咔”，林子里传来熟悉的砍竹子的声音，还有竹叶扫过土地的窸窸窣窣的声音。

竹生好奇地往竹林深处走去，哎呀，是阿爸！

“阿爸，你在做什么？”竹生连忙问道。

沉默了几息，阿爸说：“我要给你阿公造出一树柿子来！”

“真的吗，阿爸，竹子也可以造出柿子来？”竹生瞪大了眼睛，张大嘴巴，嘴巴都快咧到耳根了。

“能，一定能！”阿爸笃定地说道。

竹生和阿爸合力把几根翠竹拖回了院子里，阿爸从杂物房搬出阿公的工具箱，从里面拿出一把拉丝刀、一把篾刀、一把竹凿、一把刮刀、一把弯刀、一把度篾齿。他又用蓝土布细细地擦拭，直到工具被擦得锃亮。

阿爸拿起砍刀把竹枝竹叶去掉，又拿起了篾刀，抬手那么一劈一钩——“嘭、哧、啪”院子里很快响起了破篾声，像过年的百子炮噼里啪啦透着喜庆，竹生高兴地拍手跳了起来。

昏睡中的阿公也醒过来了，他浑浊的眼睛一下变得清明，他含笑侧耳听着破篾声，不时指点阿爸几句。

大拇指顶着竹竿的这头，另一只手拿着篾刀就这么一挑一钩，青黄的竹条就从阿爸的虎口里生了出来，初似两片叶芽，渐次成了长长的兰草，最终篾条像瀑布般倾泻而出，很快整个院子都铺满了厚薄均匀、青白分明的篾条。

阿爸把寻常用的篾条又用拉丝刀细细地拉成很多小篾条，然后他席地而坐专注地编织起来。

青黄篾条像精灵一样在阿爸手里翻飞跳跃，三角孔编法、回字形编法，还有很多是竹生叫不出名来的编法。

“阿爸，你也会编竹器？”竹生讶异地说道，他还从来没有见过阿爸劈竹子、破篾和编竹器呢。

“嗯，阿爸像你这么小的时候就跟在你阿公身边学手艺了。”阿爸想起小时候，脸上不禁浮起了笑，“这么多年不做活计，我以为要生疏了，没想到还是很快找到了感觉。”

“阿爸，我也要跟你学做竹篾匠！”竹生急切地叫了起来，“阿公说，这可是我们老祖宗的手艺啊！”

阿爸愣了一会儿神，回头看了看屋檐下竹榻上的阿公，又看了看竹生，像是下定决心似的说：“好，阿爸教你，我们一起把这门老祖宗的手艺传承下去！”

阿爸埋头编了很久，等做成了竹生才发现，原来是一盏小小的竹灯笼。竹生跟阿爸学手艺，费了半天劲儿才做出了一个略显粗糙的小灯笼，他高兴地把灯笼托在手心上，看了又看，连阿妈喊他吃饭都没听进去。

很快，阿爸就做好了九十九只小灯笼，每一只都精美非凡，他又用漆给灯笼上了一层橘红的颜色。秋天的最后一天，竹生和阿爸终于给灯笼赶制出来了，阿爸踩在高高的梯子上，把灯笼一盏一盏地挂在柿子树上，远远望去，就像一树火红的柿子坠坠地挂在枝头，映红了一角蓝天，连麻雀都叽叽喳喳地飞来了。

在迷迷糊糊中醒来的阿公看着一树火红的柿子，流下了黄浊的眼泪。阿妈把市集上买来的柿子端给阿公，阿公吃着甜美多汁的柿子，仿佛又回到了小时候，竹生的心头也升起了暖融融的感觉。

可能是心情好了，阿公竟奇迹般地又恢复了些许生机，一日比一日硬朗了一些。

阿爸继承了阿公的手艺，逢三、六、九大集总会挑上竹器去集市上卖。竹生现在手艺也逐渐精进，他会用多余的废料给小伙伴们做竹蜻蜓、竹船、竹灯笼，大家玩到一处别提多开心了。

日子一天天过去了，生活虽然清贫但也平静。阿爸手巧，脑子也活，在帮扶脱贫干部的帮助下，他学会了拍摄和电脑技术，在网上做起了电商，向山外的世界展示竹子工艺品。没想到山外的人也喜欢竹器，订单像滚雪球一样多了起来，阿爸和阿妈越发忙碌了，脸上的笑容却比任何时候都要多。

竹器的销路越来越好，阿爸便办起了合作社，很多年轻人都从城里回来了，继承了家里的老手艺。阿公的精神越发好了一些，他常常指点年轻人，恨不得把一身的本事全盘教出来。

“竹生、阿爸，吃饭喽！”阿妈的声音从堂屋的火塘上响起。火塘上的三脚支架上煨着的腊排骨萝卜汤正咕嘟咕嘟地冲着锅盖，有些汤扑出来了落在火灰上发出哧啦哧啦的声音。阿妈一边把锅盖掀起一条小缝，一边叫阿公、阿爸和竹生吃饭。

"唉，来啦！"阿爸放下手里编了一半的背篓，让阿公和竹生也赶紧去洗手吃饭。

暮色四合，已是深冬时节。竹生和阿公独自生活的时候，没想过生活还能过成这样，暖暖的，就像那锅冬日里翻滚着冒着香气的汤。

竹生从大门往外望向皑皑白雪覆盖着的茫茫原野，又看向院子里的那一树火红的柿子灯笼。灯笼上也落上了白雪，衬得柿子更加艳丽。那一个一个火红的竹灯笼像是一盏盏如意灯，给他送来了"柿柿如意"。

"竹生！"阿妈又唤了起来。

"唉，阿妈，来啦！"竹生匆匆关上木门，把寒意也阻在了门外。堂屋内，热气蒸腾着的是那一锅汤，也是竹生的心，他看看阿公，又看看阿爸和阿妈，咧着嘴，笑了。

时空的梦

一

“我就不练了！”周晓楠倔强地把小提琴往琴架上一放，任妈妈怎么说，她抱手而立，无动于衷。

“你这囡仔，怎么这么不听话？马上就要比赛了！”妈妈又急又气，尖声说道，“有谁像你一样？”

“有的是像我一样的孩子！”周晓楠愤愤地握着拳头跟妈妈顽抗到底。

“好啊，你就倔吧！迟早你要吃亏的！”妈妈说完就着急出门回科室上夜班去了。

独自在家的周晓楠越想越生气，她恨恨地

把琴谱摔在地上，把自己埋在柔软的被子里。窗外，邻居家隐约传来的乐曲声和着风声和草丛里的蟋蟀声，显得有些纷杂。周晓楠想起今天是国庆长假的第一天，庆典晚会一定十分精彩，可她却没有看晚会的兴致——爸爸、妈妈都在坚守岗位，她不能理解，也不想理解。

渐渐地，纷杂的声音消散了，一首悠扬的小提琴曲从夜空中传来，越来越清晰。周晓楠认得，那正是《我和我的祖国》，她曾经练习过很多次的曲子，老师却总说她旋律里蕴含的感情不够充沛。乐曲的曲调时而悠扬，时而激昂，周晓楠沉浸在乐曲里，觉得情绪舒缓了好些，渐渐地，她放松四肢，仰面躺着，不觉沉沉地坠入了梦乡。

“咦，我这是在哪里？”周晓楠看着既熟悉又陌生的街道，心里有些惴惴不安。

这条海边小道是她每日上学的必经之路，路的一边是滨海广场，另一边是高楼大厦。这里白天人声鼎沸，夜晚更是灯火璀璨，但不管何时也不像如今这样，黑漆漆的一片，只有几颗寥落的星辰映照出淡淡的光。

高楼大厦和滨海广场也不见了，只有大片的荒芜。“像是梦境一样！”周晓楠想，唯一让她觉得熟悉的建筑物就是路边的领事馆，现在的街道派出所。

“我一定不是在做梦。”周晓楠想，她总算找到主心骨了，有困难找警察叔叔准没错。她噔噔噔跑上台阶，正要敲门，两个大胡子卫兵出现了，一人架着她一条胳膊嘟囔着把她从台阶推了下去。她踉跄了几步，眼尖地从落地窗往里看，哎呀！她倒吸了一口冷气，里面就像情景再现一样，赫然就是博物馆里当年俄国领事馆的陈设，连几个大胡子老外也神态逼真！

这到底是哪里啊？

她来来回回用脚丈量既熟悉又陌生的土地。她找到了俄国领事馆，找到了小区里的老建筑物，民国时的卫灵女中旧址，可是近在咫尺的家不见了，连整个小区都不一样了。

周晓楠正愣神，身后一串丁零零的声音响起！她回头看，一辆电影里才会出现的民国时期的黄包车拉着客从远处跑来。昏暗的街灯下，她看见黄包车里的女子穿着合身的美丽旗袍，男子脸上架着斯文眼镜，穿着长袍，黄包车夫在卖力地跑着，秋天里他只穿着一件褂子还热得直淌汗。

街道对面的巷子，昏黄的路灯下三两个小贩背着小木匣叫卖着火柴、香烟，巷口的馄饨摊子老板正在吆喝，零星几个食客哈着热气一边吃馄饨一边谈笑几句，这一切把周晓楠惊得张开的嘴半天也合不拢。她甩了甩头想要清醒一点儿，然后扭头就往巷子深处跑，那也是她家的方向，可哪里有家的影子，巷子里只有零星几户人家透出点点灯光。

“你这孩子，怎么这么倔！”一个女人的声音从窗户里传出来，“你把小提琴练好了，就能考上外国的音乐学校，你舅舅把你带出去了，我也就安心了。”

“我就不练！我也不想出去！”一个男孩儿的声音传出来。

“你这样，早晚要吃亏的！”那个女人说道。

“吃就吃！我愿意！”一个男孩儿的声音传出来。

砰的一声，门被打开又甩上了。

一个小男孩儿冲了出来，周晓楠吓了一跳。

“你是谁？”男孩儿问道，“我怎么没见过你？”

“我，我叫周晓楠，我迷路了。”周晓楠分不清是梦境还是现实，她可怜兮兮地说道，“我找不到家了。”

“哧！”男孩儿嗤笑一声，“你可真行，连家都找不到了！”

男孩儿看周晓楠要哭了，觉得欺负一个女孩儿也不太好。他挠挠头说：“那你说说看，你住哪里，我帮你找找？这一带，没有我不知道的地方！”

“幸福小区……”周晓楠还没说完就被打

断了。

“停，”男孩儿说，“这里是合龙里，没有什么幸福小区啊！”他看着周晓楠，摊开双手，觉得她莫名其妙。

这时候，巷口一阵脚步声伴随犬吠声传来。

一个人影飞奔而来。

“阿爸！”男孩儿惊叫。

“快回去！”男人一边说，一边往旁边的阶梯上跑。这一片的房子，屋檐连着屋檐，男人三下两下就从一片屋檐上不见了踪影。

男孩儿连忙拉着周晓楠往屋里躲了去，女人听见动静也连忙出门，把孩子一把拉回了屋里。

从门缝往外看，一阵哨声，列队的士兵，来了又去，消失在暗夜里。

男孩儿和女人强自镇定地坐着。

“阿妈，阿爸他……”男孩儿张嘴说道。

“不会有事的。”女人打断他，回过神来，她转身看着周晓楠。

“咦，你是哪家的囡囡？”女人看着周晓

楠问道。

“我找不到家了，找不到我爸爸妈妈了。”周晓楠说着眼泪就流了下来。

这里的一切太陌生了，古朴的家具，尤其是日历牌上赫然写着的“1944”让她顿觉惊奇。

“天可怜见的，”女人说道，“可怜的孩子们生在这样一个时代，每一天都有生离死别上演。”

好在她没有多问，而是询问周晓楠愿不愿意暂时留下来，再慢慢找家人。

“我姓沈，你可以叫我沈姨，喏，”她一边说一边指着男孩儿说道，“这个淘气的倔小子是我儿子，林晨。”

“谢谢你，沈姨。谢谢你，林晨。”周晓楠行礼道。

“哎呀，还是女孩儿好，又懂礼，又贴心。”沈姨笑着说。

二

周晓楠在林家暂时住了下来。沈姨怕她害怕，在她的客房桌上留了一盏小小的煤油灯。灯火明明灭灭，周晓楠想，不知道爸爸妈妈找不到她该有多着急啊……想着想着，她就进入了梦乡。

第二天一大早上，林晨就着油条呼呼噜噜地喝完稀粥，背起蓝色布挎包准备上学去了。

周晓楠羡慕地看着他。

“你上过学吗？”林晨问道。

“嗯，我这学期刚上五年级。”周晓楠说道。

“哎呀，我也五年级。”林晨问，“你在哪个小学啊？”

“启正小学。”周晓楠说道。

“咦，奇怪了，我们是一个学校的，我怎么没见过你？”林晨说道。

“真的？我能跟你去学校吗？”周晓楠兴奋地跳起来。说不准，她到了原来的学校就能找到回去的路了呢？

“行！”林晨一边往外走一边示意周晓楠跟上。

“放学早点儿回来，别在外面玩啊，回来还要练琴呢！”沈姨追着吩咐道。

“哎呀，知道了知道了！”林晨烦躁地回答道。

“你也会拉小提琴？”周晓楠问道。

“也？那你也会喽？”林晨问道。

“嗯，妈妈总要我练琴，可我不愿意。”周晓楠说道。

“我也不愿意！阿妈总想让我学好小提琴，跟我舅舅去外国上音乐学校。”林晨踢着石子儿说道，“我知道她是想让我平平安安的，可我不想离开我阿爸。”

“我阿爸是女子师范学校教国学的先生。”林晨说道，“学生们都很喜欢他，可阿妈总说让我千万别学我阿爸。”

周晓楠也想起她爸爸来了，她不见了，爸

爸一定急得不行。

“哎，到了！”林晨说道。

周晓楠看看校门不远处的大海，位置是没有变化的，校舍也是熟悉的，但却是闲置了很多年的老校舍。她的学校现在是几栋现代化的建筑物，有音乐教室、微机室、实验室、图书馆和学生食堂呢。

她的学校大门外是宽敞的大马路，种着一溜儿笔直的泡桐树，春天的时候，满城都笼罩着淡淡的清香。而现在，狭窄局促的道路上，黄包车来回拉客，两旁商铺大多做的是绸缎生意，还有些警察拿着军棍时不时就在大街上追赶着什么人，一片混乱景象。

林晨指着校门口说道：“这是你的学校吗？”

周晓楠点头又摇头说道：“这是我的学校，可又不是我的学校。”

“什么？”林晨有些困惑。

“我想，我一定是在做梦。”周晓楠一边说一边拍拍自己的脑袋。

“做梦？我倒希望自己在做梦，一梦醒来，世界就有了新天地了！”林晨懊恼地说道。

“我知道你说的新天地是什么样的！”周晓楠兴奋起来就忘了回家的事情了，“用翻天覆地来形容新天地，再贴切不过了！”

林晨的眼睛一下就亮了起来，像夜空中的星星在闪烁。

小孩儿总是最能接受奇奇怪怪的事情，尤其是在周晓楠绘声绘色地描绘了未来的世界以后，林晨更是又羡慕又惊奇。

“你真的是未来世界的人？”林晨问道。

“嗯。”周晓楠点头。

“那你跟我说说，未来世界都有什么，和现在有什么不同？”林晨兴奋地问道。

“我们有高铁、飞机、火箭、卫星，还有手机，就是移动电话。”周晓楠说道，“最重要的是，我们生活在一个和平的年代，孩子们都能安心地学习。”

“那亲人们都能团聚吗？”林晨期待地问道。

“能，亲人们在一起，家家团圆都特别幸福！”周晓楠有些哽咽，她知道林晨肯定是想他阿爸了。

林晨沉默了一会儿说：“你说的世界就是我阿爸说的新中国吗？如果，我也能看到这样美好的世界就好了。”

“是的，是我们的新中国。你一定会看到的！”周晓楠坚定地说道。

三

回到家里，沈姨端出了烧好的饭菜，菜式颇有些丰富。

“你阿爸回来了。”沈姨眉眼舒展笑着说。

“啊哈！”林晨快乐地叫出声来，转身往书房跑去。

“阿爸！”门推开，他就扑了过去——阿爸已经很久没回家了。

“毛毛躁躁的，还像个小孩儿。”林父笑

着说道，“听说你不愿意学小提琴？”

林晨有些闷闷的，低头不语。

“你不想去国外？”林父继续问道。

“阿爸，我不想离开你。”林晨抬头忽然说道，“你为什么不跟我们一起走，舅舅明明说过，你可以和我们一起去！”

林父沉默了许久，说道：“为了更多的孩子不用远赴重洋，在我们自己的国家就能安心读书、学琴！”

林晨还不明白，但门外的周晓楠听着，便有些说不出的滋味，等她回过神来，感到脸上一片水意，不禁为自己在练琴上的抵触和懒惰而又羞又愧。

“你就是周晓楠。”林父慈爱地说，“你且放心住下来，我这阵子会托人帮你寻找父母的。”

一顿饭吃得宾客尽欢，沈姨慈爱，林父健谈，古今中外，旁征博引，又问了孩子们的学业。

晚间，林晨和周晓楠各自安置歇息了，未几，隔壁隐约传来沈姨和林父低低的争执。

“你还要去广州城？”沈姨说着气更大了，她带着愤懑说，“别以为我不知道你们在做些什么！你是先生，不好好教学，学生们成天在学堂里也不好好做学问，说什么国难当头，匹夫有责！我是个女人，我只知道，我要丈夫在身边，可别让我像你四嫂一样……”声音渐息，像是不忍又像悲痛，林父低低安慰几句，便没有声音了。

林叔难得在家歇息几日，他白天带林晨和周晓楠读诗讲时政，夜间就在书房里生了炉子，第二天总能看见沈姨红着眼眶倒掉一捧捧的纸灰。周晓楠从电视上看见过，革命党人总会把机密文件等付之一炬，这通常就意味着危险要来临了。她不能对林晨明说，他难得有几日依偎在父亲的怀里，能得到父亲的疼爱，快乐得连眉梢都染上了喜色。

“阿爸，阿爸……”他每日里总要叫上无数次，像枝头叫着的喜鹊。周晓楠真希望这样平静的时光能多几日啊。

晚上，林叔的同事来密谈。周晓楠存了心事便有些睡不着，隔着窗户她依稀听到，“风声紧”“抓捕”“革命”“快走”等字眼，她为林晨一家未知的命运焦心，翻来覆去，直到天边透出蛋壳青一样的光亮才堪堪睡着了。

许是沈姨和林叔商量妥当了，林叔要带上沈姨和林晨一起往广州城去。第二日，林叔询问周晓楠愿不愿意和他们一起去。

“事发突然，孩子，如你想留下来找父母，我写了一封信给我的老朋友——周广兰先生。我托他帮你找亲人，你暂时可以住到他家，他夫人也是极和善的人。”

周晓楠知道，根本就找无可找，可是一想到林父要出门了，还惦记着她的事，就觉得很难受。虽然只相处了短短时光，她已经感知到，他是一个很好的人。

当下周晓楠便决定了，和林晨一家一起南下去广州城。

沈姨也仿佛放下了千斤的担子，一家人在

一起就好，她忙里忙外，手脚都轻快了很多。

第三日，有人偷偷地把火车票夹在当日的晨报中，林叔取了票，把行李归拢好，一家人正要出门的当口，来了一个不速之客。

客人穿着皮大衣，戴着狐狸毛帽子，手上还戴着皮手套。

他虚假的礼貌里夹着狡黠，问道："不知道林先生一家，这是要去哪里啊？"

"我们去哪里不需要向你汇报！"林叔厉声说道。

"不，你需要！"客人说道，"你现在可是警察厅待捕名单上的第一人，我劝你还是留下来，走亲戚什么的，就先不要去了。"

说着手一挥，一群荷枪实弹的警察冲了进来，林晨和周晓楠吓得躲在沈姨的身后。沈姨的手微微颤抖，却把脊梁挺得更直了。

"回去吧，林先生！"那人说完，挥手让一群警察退到门外守着。

这是一个不平静的夜晚。

沈姨烧了菜，却没有人能吃得下。

第四日，雪下了起来。先是飘的一点点稀碎的雪，而后就变成了鹅毛大雪，很快就大雪封门了。

有人敲窗户，轻声唤道："老林！"

林叔警觉地凑到了紧挨着后院的杂物间的窗棂上。

"组织上让我协助你快走，我们连夜在墙根下挖了洞，什么也不要带，你从洞里钻出来，我们坐马车走！"那声音说道。

"我夫人和孩子还在这里！"林叔有一丝迟疑。

不知什么时候沈姨、林晨和周晓楠都来了。

"你不要管我们，"沈姨决然地说道，"我们留下来，才能迷惑那些畜生！"

"我怕过，可我现在不怕了！"沈姨说道，"你快走！"

"兰香！"林叔双眼蓄满泪水，"我林奎安于国无愧，却愧对你们母子！等到我们有了新的中国，我一定陪伴在你们身边，再也不分离！”

“阿爸，你什么时候回来？”林晨红着眼睛问道，他扑到阿爸的怀里，眼泪浸湿了阿爸的衣襟。

“阿爸很快就回来，你要听你阿妈的话，学业上要有长进。”林叔说道，又看向周晓楠：“你记得去找周广兰先生，他会帮你的。”

“叔叔，你要平安回来。”周晓楠说道，抑制不了的泪水也顺着脸颊淌了下来。

林叔来到后院墙根下，摆摆手，钻过洞口，穿到了邻居家的院子，再躲过几处暗哨，在乔装打扮的革命党人的协助下，走上了未知的路。

那一夜，沈姨把炉子里的火烧得旺旺的，灶间的火也经久不息，袅袅的炊烟升起来，给冰天雪地增添了许多烟火气。那些三三两两不时出现在林家附近的巡警，看见炊烟也不疑有他，天冷得直跺脚，有的还躲进了食肆里喝着温热的面汤，一边不错眼珠地盯着前门。

等他们反应过来的时候，已是第五日的中

午，他们冲进来却一无所获。

迫于当地有识之士和师生的声讨和逼迫，警察当局不敢逮捕沈姨一家，却更加严密地防范起来，想要守株待兔。

雪停了，又化了，连一点儿痕迹也没有留下来。

四

局势越来越紧张。

周晓楠随林晨和学校师生组织的救国宣传队走上街头巷尾，深入乡村，张贴标语，大力开展唤醒民众同仇敌忾的宣传活动。

周晓楠也见到了周广兰先生。她和林晨找到他的时候，他正在高台上高呼标语口号，底下的学生们群情激昂。

不知道广州的形势怎么样，没人肯告诉沈姨和林晨情况，也没人知道。沈姨一日比一日沉默了。

没有消息，总是好消息。三四月间，木棉花都开放了，像一个个红色的灯笼，笼罩着小城，如霞似火。

学校已经纷纷停课。

沈姨把林晨和周晓楠拘在家里，越发地督促林晨练琴。

每天早晨都能听到高呼“打倒日本帝国主义”等口号，这些口号声不绝于耳地从窗缝里飘进来，全城人民抗日的情绪越来越高涨。

在抗日战争白热化的时候，每一日都有师生和各界爱国人士被捕的消息传来。

可中国人的斗志却越发昂扬，抗日的战场上频传捷报，驱赶日寇的行动，势如破竹。

沈姨想要把林晨送出去的愿望没有实现。

日本侵略者气势已如日薄西山，穷途末路之下，日本宪兵队一夜之间抓捕了很多革命党人及他们的亲眷。

林家也被团团围住，搜了个底朝天，又把沈姨和林晨逮捕到了牢里。

“她不是我们家的孩子。”沈姨临走的时候平静地说道，“她只是个孤儿，什么都不知道。”

周晓楠目送沈姨和林晨远去的背影，难以抑制内心的悲愤。

两日后，在行刑台上。

“你这孩子，真倔强！”日本宪兵队头目说道，“你只要说出你父亲在哪里，我们便放你回去！”

“哼，我死也不会说的！”林晨恨恨地说道。他抬眼看见人群里的周晓楠，眼神坚定而无惧。

满城的花开灼灼，似团团火焰在枝头上燃烧跳跃。一圈一圈的人群中，周晓楠静静地看着，分不清行刑台上是火红的木棉花，还是年轻的血液在流淌。

鲜红的颜色让她觉得双目刺痛，头脑不可抑制地眩晕。

她想起林晨说：“如果有一天你能回到你未来的世界，你会记得我吗？”

“未来的孩子都能在自己的国家读书、练

琴吗？”

一阵天旋地转，林晓楠再也抑制不住内心的悲痛、愤懑，她倾然倒地。

“快醒醒，快醒醒！”是妈妈的声音。周晓楠缓缓睁开眼睛，和煦的阳光从窗户透进来，窗外的榕树上，小鸟叽喳的叫声传来。

一切，宁静而美好。

她转头看向一旁的书桌，日历牌上赫然写着：2023 年 10 月 2 日。

她一下坐了起来，环顾四周，正是她的房间！

原来她做了一个长长的梦！梦里有木棉，也有年轻的血脉在跳动！

“这孩子睡得可真够沉的，我喊了你半天了，可算醒了！快起床！”妈妈催促道，“今天你还要参加少年宫的活动，在台上拉小提琴曲呢，不要迟到啦！”

“妈妈！”周晓楠一把抱着妈妈，泪水流了出来。

“咦，你这孩子怎么了？”妈妈一边催促

她洗漱一边提醒，“活动结束后赶快回来，今天还要把考级曲练一下。”

“好！”周晓楠爽快地应声着。

“楠楠，爸爸妈妈这几天要留在岗位上，不能陪你……”妈妈踌躇了一会儿，轻轻地说道。

“妈妈，你和爸爸安心工作，我自己能行！”周晓楠打断妈妈的话，拍着胸脯保证。

“咦，这孩子……”妈妈纳闷了一会儿，忍不住笑了。

周晓楠背着小提琴飞奔在海边的小路上，阳光从高大的泡桐树的枝叶罅隙间洒落，路面上留下一串串银色的光斑。小路旁边矗立着领事馆，现在的街道派出所，民警叔叔进进出出十分忙碌。滨海广场上，晨练的老人谈笑风生，旁边的高楼大厦巍然耸立。

一切都是最美好的样子。

在少年宫的舞台上，周晓楠举起琴，她闭目凝神了一瞬，林晨的声音犹在耳边响起，梦境清晰，好像他从未远去。

“你是从新中国来的吗？”

“那我们胜利了吗？”

“真想看看新中国是什么样的啊！”

周晓楠在心里默默想，看哪，林晨，盛世如你所愿。

一首悠扬的小提琴曲《我和我的祖国》在她的指端深情地倾泻而出，在大厅里回荡，如潺潺流水，在每一个人的心中流淌、激荡，让人陶醉，也让人感动……

醒狮少年

“快点儿，快点儿，要迟到了！”早上七点刚过一刻钟，雨欣把书包匆匆放在座位上就拉上邻桌家华一起去操场上训练了。

等她们来到操场上，醒狮队的同学们早就开始绕着操场跑圈了，雨欣和家华立刻加入队伍里，迎着初升的朝阳跑了起来，几圈下来大伙儿都汗津津的。

“嘟——”李老师的口哨声响起，同学们也停下了脚步，十人一排按身高自发排好了队。

“好，热身结束，现在我们开始打咏春拳。”李老师说完，就领着大家打拳。一套行云流水的咏春拳打完后，李老师就安排同学们各自分组进行舞狮动作训练，上双腿、单腿、夹腰、上背、上头……

“醒狮队不舞狮，每天就是跑圈、扎马步、打拳，有什么意思？”家华不满地嘀咕，她加入醒狮队的时间还不长，至今还没有机会舞狮，练起单调的基本功来便有些无精打采的。

“练习舞狮是需要武术基础的，例如，练习扎马步可以锻炼下肢力量，练习咏春拳可以锻炼平衡性，这些对舞狮都是非常有帮助的。”雨欣劝她耐下心来，练好基本功，可家华呢，一点儿也不以为意。

雨欣心里其实也不是滋味，刚才教练单独跟她说，希望她可以扮演大头佛。雨欣每天都勤勤恳恳练着基本功，却连狮子都摸不着，想到这里她的马步就有些垮了——本来做大头佛嘛，也不需要什么武术基础，只要能走能跳就成！

下午放学，雨欣无精打采地走回家，刚到巷子口，就听到了爷爷的黑匣子里唱的南音高亢明亮：“整戎装，登将坛，西征强掳，亲领雄兵。又只见，将士们，爽飒英姿，军容强劲……”

这是雨欣从小听到大的粤剧《穆桂英挂帅》，若是往日雨欣总会跟着黑匣子也唱上几句，她喜欢穆桂英巾帼不让须眉的精神，可今日她心里装了事就有些闷闷的。

“哟，今天的小麻雀怎么这么安静？”爷爷摇着葵扇，从摇椅上坐起来问她。

“爷爷，我加入醒狮队就是希望像您年轻时候那样，扮狮头好威风，可老师却安排我做大头佛！”雨欣噘着嘴抱怨说。

本来雨欣是想得些安慰的，没想到爷爷却大笑起来。“醒狮队不是一个人、两个人就能做成的，靠的是大家团结合作。如果一个醒狮队里没有鼓手就没有了指挥者；如果没有大头佛，也就缺失了有趣的灵魂啦，哈哈哈……”

爷爷从书架上取下相册，把他过去和队友们训练和表演的老照片一张张指给雨欣看。“舞狮是融武术、舞蹈、音乐等为一体的文化活动，具有很强的观赏性。舞狮登场，必有锣、鼓、钹三种敲击乐器相配，其中鼓手是舞狮的指挥

者，狮子则由两人扮演，一人扮狮头，一人扮狮尾，另外一人头戴笑面‘大头佛’，幽默有趣，大摇大摆地手执大葵扇引狮登场。舞醒狮的表演程序是：出洞、下山、过桥、饮水、采青、醉睡、醉醒、上山、玩球、大头佛戏狮……”爷爷说，“扮好大头佛也是舞狮的一部分。”

爷爷又取下一本记载醒狮历史的书，“你看，中国的舞狮文化在历史上源远流长，在汉代时就有舞狮的记载，唐代已有被称为‘太平乐’的宫廷舞乐狮子舞，因为狮子被认为是瑞兽，象征着吉祥如意，舞狮的活动在民间广泛流传。五代十国后，舞狮的风俗由中原流传到岭南地区，于是有了南狮和北狮之分。中国南狮在广东，广东南狮源自佛山，而我们佛山南狮是国家首批非物质文化遗产代表性项目呢。”爷爷激动地说。

“做好大头佛，也是传承文化，爷爷相信，你一定能做好非遗传承人！”爷爷鼓励雨欣说。

“嗯，或许是我的体力还不够好，做大头

佛刚刚好。谁说女孩儿不能做大头佛呢？等我摘下头套的时候，一定会让人们大吃一惊！”雨欣对爷爷说，虽然还有些不开心，但她也能平静地接受了。

第二天一大早，雨欣又如约来到操场上一丝不苟地进行训练，家华还是无精打采地偷懒。

“你知道黄飞鸿吗？”在休息的空隙，雨欣问家华。

“哪个佛山人不知道黄飞鸿？他可是我的偶像！”家华自豪地说。

“关于黄飞鸿的传说各种各样，但他作为“广东狮王”的故事你不一定知道吧？”雨欣得意地说道，“有一部电影就讲了一个黄飞鸿和醒狮的故事。”

“那部电影我也看过，黄飞鸿真帅！”旁边的几位同学听到雨欣说起黄飞鸿也围了过来。

“历史上，黄飞鸿所倡导的南狮狮艺，正是这样一种民族气节，团结、开拓、不畏艰险，以雄健的精神表现出中华民族的自信和豪气。”

不知道李老师什么时候也来到孩子们身边。

“如今在世界各地的华人聚居地，都有南狮的踪迹。而作为南狮发源地的佛山，也迎来了前所未有的鼎盛期。你们看这是什么？”李老师拿出一张宣传单。

“全市中小学生醒狮大赛开始报名啦，如果咱们能脱颖而出，就能走出佛山，甚至走上世界的舞台，向全世界人民展示咱们的非遗文化呢！”李老师说完微笑地看着大家。

“我也可以参加吗？”家华急忙问道。

“当然！作为醒狮队为数不多的女生，你有武术的底子，雨欣肯下苦功，我打算让你们同舞一头狮子。但是能不能上场就要看你们的配合程度了，这都源于一次次的训练。”李老师说。

雨欣高兴得跳了起来，可她想起了爷爷说的话。“大头佛也很重要，我去舞狮了，谁来扮演大头佛呢？”雨欣问道。

“我来！”一个声音从身后传来，原来是

一个三年级的小妹妹。她笑嘻嘻地说："我爷爷以前就是扮演大头佛的，我早就盼着演大头佛啦！"

醒狮比赛提上了日程，在往后训练的时候，李老师不断地引导同学们去突破自己的极限，同学们练得都浑身湿透了，也不松懈。

家华在艰苦的训练中也曾想过放弃，但当她看见雨欣练单腿站在其他狮子身上常常摔倒却一次一次站起来接着练的时候，她就打消了这个念头。她和雨欣的配合也越来越默契了，不训练的时候她还常常到雨欣家，让雨欣爷爷这个老教练给她们开小灶，传授技巧呢。

比赛时间终于到了，成绩远超乎想象，同学们以几乎零失误完成比赛，尤其是雨欣和家华赢得了大家的喝彩。

回顾数月以来不停地训练，家华觉得醒狮真是太有魅力了。这种魅力是将醒狮文化传承下去的使命感，也是战胜了自己内心懦弱的幸福感。

那时花开

一

1932 年初夏，阿妈带着梅香和弟弟离开了受战争波及的广州，回到故乡。我们的故事就从这里开始——

梅香是三天前才随阿妈、阿弟和余妈从繁华的广州城回到这个偏僻的水乡小镇来的。

阿爸在学堂还有事，说是天气热了，祖母又牵挂，便让阿妈和梅香姐弟先回乡下老家避避暑，顺便过个端午节。

不用上学了，还能出远门，这在梅香看来是顶顶好的事情了，只是阿妈总是皱着眉头，阿弟咿呀学语也不能叫她舒展几分。

“太太，您放宽心。等城里平安了，先生就来接您和梅香姐弟了。”余妈劝说道。

火车上操着各种口音的人在有一搭没一搭地说着话，时不时还有查票的列车员吆喝着，梅香觉得真是新鲜极了。

“阿妈，城里什么时候能平安呢？”梅香插空问道。

“照这个情形，就算日军没打来，在广州城也活不起了。”旁边坐着的一个穿着墨绿旗袍的中年女人说道，“物价先是三日一涨，后是一日一涨，最后到了半日一涨，我还是带着儿子回乡下过几天安稳的日子吧！”

一个穿着西装拿着公文包的中年男人神情严肃地说道：“这年头能平平安安的，就很好了！”

梅香也顾不上看风景了，缩在余妈的怀里。梅香记得阿爸明明说报上讲今年天气预测会大热，所以让梅香和阿妈、阿弟回乡下避暑过节。

“阿爸怎么办，他怎么不跟我们回来？”梅香又问。

阿妈怀里的阿弟可能是嫌车厢闷热，哇的一声哭了出来。阿妈赶忙轻轻地拍着，嘴里轻声地哄着。

“还不是……”余妈刚跟梅香开了头，就被阿妈喝止住了。

“小心一点儿，不要乱说话。”阿妈边说边看了余妈一眼，余妈便把头偏过去，不说话了。

“等过完端午，你阿爸就来接我们回来了。”阿妈勉强扯出点儿笑脸，对梅香说道，“小孩儿只要负责玩好就好了咧。”

梅香的注意力被阿弟牵扯了过去，她逗逗弟弟，小家伙咿咿呀呀地又笑了起来，这样一来，时间就过得飞快了。

从火车上下来还要转一趟船。

阿妈找了一个挑夫，和余妈一起，把大包小包的行李往船上运送，折腾了好一会儿才在船上安置妥当了。

大船摇摇晃晃的，梅香便有些晕船了，一股闷气在心里搅着，不上不下。她全然没有了白天的欢腾劲儿，蔫蔫地躺在余妈怀里，半睡半醒之间听着船工吆喝，汽笛声声，只盼着这一个长夜快点儿过去。

不知道过去了多久，天边才透出一抹蛋壳青的浅光，水面还是一片灰蒙蒙的。船工吆喝着下缆绳，船头调转，稳稳地停靠在岸边。

“梅香啊，到家啦！”余妈轻快地唤着梅香，一边手脚利索地归拢行李。

阿妈皱了几日的眉头也舒展了好些，给梅香和弟弟拢上一件外衫。“露水重，别着凉了。”阿妈说道。

很快老家人上船来了，是管厨房的老四叔，他和阿妈打招呼：“可算到家了，老太太昨夜里就等着呢。”

老四叔一边麻利地把行李系好，用扁担挑起来，一边欢喜地叫着神色蔫蔫的梅香：“梅香，你快下船看看，你小七叔用他的新家伙什来接你来咧！”

“小七叔！”梅香一下就来了精神，胸中

的闷气顿消，她噌地站起来就往船下跑。

小七叔是阿婆的老来子，梅香是生在老家祖屋里的，那时候小七叔还只是个八岁的小孩儿。他喜欢梅香这个小侄女，小时候没少带她玩，抓蛐蛐、斗蝈蝈的，两人的感情也很好，就是后来梅香随阿妈去了广州城，小七叔也常有书信往来，并且经常给她寄些好玩儿的小物件。

梅香噔噔噔从跳板上跑下去，又跑上了码头，小七叔已经等在那里了。

他骑着一辆崭新的自行车，把梅香放前车架上，远远唤一声："大嫂，我带梅香先回去了！"就哧溜一下骑得飞快，留下余妈在后面"哎、哎、哎"，心都快要跳出来了。

"咯咯咯……"一串银铃般的笑声撒在镇上的青石板上，梅香把广州城和阿爸都抛在脑后了。

二

阿婆看到梅香姐弟俩也是喜不自禁，忙不迭地叫人准备早饭。

香味浓郁的豆浆、芝麻团、酱杂鱼、水晶虾饺、香芋皮蛋瘦肉粥，还有梅香最爱的叉烧包，满满登登摆了一桌子。

“快吃，快吃，”小七叔咬着一只叉烧包，手里还舀着一勺粥，催梅香，“吃饱了七叔带你去看起龙船！”

梅香心里急了，不留神被热粥烫着了，也不肯再吃了，吵着要跟出门。阿婆拿筷子敲了老儿子的脑袋，嘱咐他一定要带好小梅香。

“四月八，龙船透底挖。”梅香上一次看赛龙舟还是三年前的事情了。对小孩儿来说，端午节在这个水乡小镇可比过年还要开心。

远远地传来震天的锣鼓声，还有爆竹声，时不时还有人们喝彩的声音，可把梅香急坏了，一个劲儿地催小七叔把自行车骑得再快点儿。

等小七叔和梅香赶到河岸，乡民和小孩儿们早就把河岸挤满了。

小七叔把梅香举起骑在脖子上坐着，梅香的视野一下就开阔了。小七叔告诉她，那边是镇上的大户搭起了祭台，请德高望重的老人在河涌边点上了香火，祭拜“河神”，以祈求风调雨顺。

在这个水乡，传统的龙船是用松木做的，松木忌太阳暴晒，因此，在水里长期避光保存龙船才能越发坚硬结实。龙舟竞渡结束后，乡民们就会将龙船深藏河涌底淤泥里，到了来年竞渡日前夕，各个村再把龙船“请”出来。

“嗨哟——”日上中天的时候，退潮了，几十个青壮年吆喝着跳下河道，挖开淤泥，抬起龙船，清走船身的河水，装上龙头龙尾。

涨潮了，一阵鸣锣响鼓，鞭炮震天动地，龙船稳稳地在水上舒展，像是老龙舒展一下筋骨，下一秒就像要劈浪而行了。

梅香跟着人群鼓起掌来，大声叫好。

“婶子，你帮我看着梅香，我有事去去就来。”小七叔把梅香送到一个婶子面前说道。

“哎哟，是梅香回家了！”张家婶子叫了起来。

“小姑娘是越来越标致了。”一个伯娘边说还边摸摸她的小辫子。

梅香规规矩矩地给众人行礼，婶子、伯娘叫个不停。

正说着，梅香小时候的玩伴青哥儿也来了，梅香挣开张婶的手掌，拽着青哥儿就往人群外跑。

两个小孩儿玩得高兴，追着追着就走远了。在山后的竹林里，青哥儿拔下几根青竹叶编了一只小兔子，梅香喜得咯咯笑。

风吹过，毛竹如波涛般涌动，依稀有人声随风声传来。

“嘘！”青哥儿用手势示意梅香不要出声，两个小孩儿悄悄来到一处毛竹搭成的小棚子前。

“咱们要想从这里把人送出去，就要抓紧赛龙舟的时机。”一个声音响起。

“那时镇上的乡民都来河涌看龙船，我们弄出点儿响动，牵制住镇上的国民党驻军，趁机把人送到江边，只要上了船就好了。”又一个声音响起来。

“江边的船我来安排。”是小七叔的声音，“你们要注意安全。”

“干革命，就不怕流血牺牲！”刚才那个声音又响起来。

“咔嚓——”梅香不小心踩了一根落在地上的干枯的竹枝。

“谁？”几人听到声音从棚子里出来探看。

“小七叔！”梅香扑了过去。

“是我刚到家的小侄女梅香，还有族叔家里的青哥儿。阿冰，你别把我侄女吓坏啦！”小七叔笑着推了一把旁边的青年人。青年人挠挠头笑了，说：“好，我给小梅香赔礼。”

小七叔对几人点点头，便分散着走了。小七叔带着梅香把小镇逛了一遍，还请她吃了冰凉粉，月上中天两人才回到了家。

穿过前厅和天井，小七叔和梅香来到阿婆的卧房前，正想敲门进去道晚安，就听见里面传出来阿妈的声音。

“生哥不许我问，只说学堂有事。”阿妈惶惶然地说着。

“哼！你就帮他瞒我！别以为我不知道阿生在做什么！什么学堂有事忙，他分明在做掉脑袋的事！”阿婆愤愤地捶着她的床，阿妈被唬得讷讷不敢说话。“还有小七，学堂也不好好上，成天不知道捣鼓些什么，我不懂他们说的什么主义，我一个老婆子就知道，我要儿子养老送终，可别让我像你们四堂伯一样……”阿婆声音渐息，像是不忍又像悲痛，终是摆摆手，让阿妈回自己屋里去了。

阿妈看着门外的小七叔和梅香，只轻轻地叹气，一言不发，领着梅香回房了。

晚上，阿妈轻轻地拍着阿弟，唱着歌谣。没一会儿，阿弟便酣睡了。梅香有些睡不着，火车上人们说的话、小七叔他们说的话、今天阿婆说的话，在她的心里翻来覆去，她想不透，又隐约觉得有点儿关联，但是她又不想阿妈忧心，便假寐了起来。

“唉，”阿妈叹了口气，“我哪里不知道他危险，可也得他听劝啊！我可真怕啊……”阿妈对着余妈说了一句，便低头啜泣起来。

梅香迷迷糊糊睡着了。似乎有一汪江水在梦里徐徐铺开，一直延伸到了天边，阿爸在那头喊她：“乖囡囡。”

梅香在这头喊：“阿爸，阿爸，你怎么还不回来呢？”

又隐隐听到有枪声，梅香从梦里吓了一跳，大喊着：“阿爸，阿爸！”腾的一下，梅香便醒了。

侧耳一听，巷子里青石板被一行脚步踩得嗒嗒作响，由远及近，好像有翻墙的声音，扑通落到天井里。

梅香好奇，披着衣裳悄悄起身到天井去探个究竟。

小七叔突然从后面出现了，嘘了一声，示

意她不要说话。也不知道是谁溜进了小七叔的屋里头，又像是梅香自己的幻觉，那扑通落地的声音像是石子儿落入了井里，之后悄无声息，一片死寂。

三

半夜里，挨家挨户在搜查什么人，犬叫声，鸡群被惊醒的扑腾声，小孩儿的哭声，大人骂骂咧咧的声音混杂在一起，打破了小镇的宁静。

阿婆也起来了，全家老小都聚集在前厅。

保长过来了，正是本家阿叔，阿叔做了担保，说这是寡嫂家，一屋子老的老小的小，忙乱了好久，驻军才离开。

保长阿叔让阿妈、梅香、余妈和老四叔先回去休息，显然是有话要跟阿婆和小七叔说，梅香装作回了卧房，又悄悄返回趴在墙头偷听。

“搜的那人是从香港走水路过来的，据说身上带了情报和物资。估摸着他能登陆的几个小镇，都派了驻军严防死守挨家挨户搜呢。”

阿叔叮嘱道：“这些天都消停点儿，能不出门就不出门了，小七那学堂也没必要去了，识得几个字，会算数，能管铺子就成！”

阿叔走了，阿婆用眼睛余光瞟了小七叔一眼，什么也没说，便都各自回房了。

这几日，梅香总疑心小七叔在屋里头或者什么地方藏了人。

她借故去小七叔的房里找了一遍，没有找到人，小七叔站在一旁笑吟吟地看着她不说话。

那便是藏别的地方去了，梅香想。

小镇上的人家，端午节前家家户户包粽子。阿妈和余妈前天刚包的五香火腿粽子、蛋黄粽子和豆沙馅的粽子，装了满满当当整整几个箩筐。

老四叔管厨房，一夜没睡，点着火一锅一锅煮，等最后一锅粽子煮熟，天边就泛白了。

煮好的粽子浸在缸里浇上透心凉的井水，一日一换，便能吃上十来天不会坏。第二天余妈就发现家里少了几十个粽子，有一口缸里前一天晚上还是堆得满满的，第二天早上便空了许多。

余妈疑心是猫，可猫再能耐也拖不走这么多粽子。她报告了阿婆，阿婆沉吟半晌，只说那就当是给菩萨吃了。

梅香想，这是骗小孩儿玩哩。早上梅香就看见小七叔拿着个布袋，步履匆匆往外走。她人小鬼大，便悄悄跟上，想看看小七叔去了哪里。

一路穿过青石铺成的巷子小路，走过骑楼街，来到一家书店前。只见小七叔一闪身，不见了。

梅香鼓足勇气走进书店，她个小，店员没留神她，她便猫着腰从门帘子里穿过去，来到后院。

后院有几间厢房，梅香一间一间看过去，走到西厢房的时候，她耳尖地听到了小七叔的声音从房里传出来。她一把推开门，本是想吓小七叔一吓，却把她自己吓了一跳！

屋里有男有女，是十六七岁的样子，还有

一个沉稳一点儿的，像是三十岁左右的年龄。

他笑着说："这便是那天夜里的小姑娘了？那天把你吓到了，是我的不对。"他说着从衣兜里掏出两块油纸包着的酸梅糖递给梅香。

梅香抿着唇，也不敢接。

小七叔笑了起来说："你别吓着我大侄女了！"他把糖递给梅香说："快回去吧，别跟你阿婆说我在这里，就说我去北江码头铺子上了，回头我给你带葱油饼。"说着他把梅香推出去，催促她快回去。

梅香看见一个梳着大辫子的圆脸姐姐悄悄地把彩色的纸张藏了起来。

也不知道他们密谋些什么，好奇心使梅香趴在门缝听啊听，也只听到了抗日救国、援助前方、请愿……零星一些断断续续的话，啊，对了，他们还说在端午赛龙船那天就要把那位叔叔送出去。

八岁的梅香，在广州一路坐火车又乘船回到小镇，只火车上大家说的，竹棚里偷听的，阿婆哭骂的，还有深夜枪声，一抹身影，隐约便觉得他们在做的是顶危险的事，又隐隐有些自傲，仿佛自己是大人了，也能替别人担点儿事了，比如，守个秘密。

端午节很快就到了，河岸边早就响起了锣鼓声、鞭炮声。人们都来河岸边上好不热闹。

一溜儿蓄势待发的龙船齐齐聚集在河对岸的龙王庙边，吉时一到，鞭炮炸响、锣鼓齐鸣，祭龙仪式正式开始，起香、供灯，人们三拜龙头后，为龙头开光、点睛。霎时，礼炮齐响、芒筒声声，天空中七彩烟雾腾跃，宛如群龙聚会与水面上的龙舟相映成趣。

一声锣鼓响，赛龙舟正式开始。

“嗨哟！嗨哟……”一路上，小伙子喊着嘹亮的口号，整齐地挥舞着手中的桨，引得岸边乡民发出阵阵叫好声，孩子们更是来回穿梭，比过年还要热闹。

老四叔把梅香举得高高地看赛龙舟，她正看得津津有味，突然一阵嘈杂声传来。

“反对不抵抗政策！”“还我山河！”一群学生模样的青年人举着各色旗子喊着响亮的口号冲进了河岸的人群，还分发各色传单，正是梅香那天早上看到的大辫子姐姐藏的五色纸。

人群乱成了一锅粥，驻军团的哨子声此起彼伏，学生们被打伤的被捕的不计其数，一时间人人自危。

梅香从老四叔身上跳下来，老四叔忙去抓她，她一猫腰就躲开了老四叔的大手，挤进人群里，满心要去找她小七叔。

她的心怦怦乱跳，想着小七叔会不会也被抓起来了，两行泪就流了下来。

“对了，码头！”梅香想起竹棚里偷听到的话，她撒丫子就往码头跑，快到码头的时候赫然发现阿婆也坐着竹轿领着几个帮工从青石板上晃悠悠地往码头过来了。

梅香吓得躲在码头旁边的茶寮的桌子底下，不敢吭声。

码头上冷冷清清的，人群都被赛龙舟和学

生游行吸引过去了，此刻江面上只停靠着两三艘船，是梅香家走水路的货船。

几个警察模样的人要去搜船，小七叔正在作揖，好话说尽了也不顶用，眼看着人就要往船上的踏板走去了，小七叔急得追了上去。

“几位官爷，且慢！”阿婆的声音响了起来。

四

小七叔怔愣的当口，阿婆就下轿了。

在阿婆的示意下，帮工老五递过去几封红纸封着的银圆，只说是请各位官爷喝点儿茶水润润喉。

阿婆是小镇商会的成员之一，每年警察局和驻军的经费大半都得从商会出，因此，大家都给阿婆一些薄面。

“这是我陈家的小货船，要往福州送一批生丝。我们做生意的人讲究彩头，封好的货船再打开便不吉利了，江上人家最怕就是水上不顺，还请您老多见谅。”阿婆对着一个领头的人说道。

“老太太是实诚人，这些年做的都是实心实意的买卖，这点我们兄弟都了解。”那领头的警察掂了掂手里的银圆说，“得了，你们行船吧，我们几个还得去河涌那边帮把手。”

几个人走远了，小七叔松了一口气，阿婆瞪他一眼，就吩咐船工起锚行船了。

货船的汽笛声呜呜响起，但很快就淹没在了河涌那边传来的嘈杂声里了，船越走越远，远远地只看到一角白帆。

梅香被小七叔找了出来，阿婆紧抿着唇一言不发。领着两人回去后，梅香和小七叔就被禁了足，阿妈也被阿婆训诫了一番，而余妈则成天守在天井里，手上拿点儿针线活，连只苍蝇也别想从她眼前飞出去。

听说当局查出了那个带着情报和物资的神秘人就在小镇上，他们把小镇搜了个底朝天，一无所获。神秘人不翼而飞了，抓到了几个请愿的学生，学生们被迫写下保证书，才被放回去。

一时间，小镇安静下来。

端午节过后，阿妈和阿婆一日比一日沉默了，在沉默的气氛中阿弟学会了走路，摇摇晃晃的小人儿给家里带来了几分快活。

没有消息，总是好消息。

某一天的清晨，在梅香的掩护下，小七叔从家里偷跑了出去，就再也没有回来过，连同大辫子姐姐、阿冰哥哥也不见了踪影。梅香去过几次骑楼街的书店，老板笑吟吟给她叉烧包，却始终不肯告诉她小七叔去了哪里。

梅香小小的心里藏了好些心事，像一朵花儿被日头晒得蔫蔫的，幸好有青哥儿时不时地串门给她带些新鲜玩意儿，梅香才有了活力。

时间过得飞快，不知不觉梅香在小镇上已过了六年。这期间阿爸回来过一次，梅香并不知道。听余妈说阿爸是夜间回来的，天没亮就又走了。

梅香常想，是什么事让阿爸走得这么匆忙

呢，他知道她已经又认识了很多字，还学会画山水国画了吗？

城镇上的藤萝花开了，密密匝匝开满了枝头，整个小镇都笼罩着淡淡的香气。梅香常常倚在大门边，想从青石巷口那抹打眼的紫色中看到阿爸和小七叔提着藤箱向她走来，叫她乖囡囡。

梅香曾在广州的一所小学念书，回到镇上又去当地的新式学堂继续求学，所以读书看报对她实在不算什么。

小七叔不在家，阿婆便让梅香每天给她读日报，每一天都有新鲜事。

大家通过读报知道小镇的各界抗日后援会成立了，从此，抗日救亡活动像长江后浪推前浪，一浪高过一浪。

小七叔在深夜里回过一次家，阿婆和阿妈给他拿了不少钱，梅香把自己攒的几块银圆也给他拿去了。后来听说，全广州城的人民为了抗日捐款，纷纷慷慨解囊，为前方抗日战士贡献物资。

每天早晨，这个偏居一隅的小镇里也总会有队列上街游行，高呼“打倒日本帝国主义”等口号，全城人民抗日的情绪越来越高涨。

紧接着传来信报，广州沦陷了。阿婆恍惚了两下，差点儿晕倒，阿妈正拿着羹匙喂阿弟，羹匙也被失手打落地上，瓷白的碎片散落了一地。

不久后，暮春的一个夜晚，一位阿爸在学堂的同事到访，梅香认得他，是常常和阿爸在书房密谈的张叔叔。

他交给阿婆和阿妈一个木匣子，里边是阿爸戴过的怀表和几本书。

“革命就会有流血和牺牲。人民将会永远铭记他。”说完他步履匆忙，神情坚定地走向了茫茫夜色中。

梅香双眼蓄满了水雾，默默地跟到了青石巷口，“革命就会有流血和牺牲”，梅香听到这话，她知道那个巷口再也不会走来她的阿爸了。她不懂为什么偌大的华南会容不下一个小孩儿的欢喜，总是要让她的梦一次一次破灭。

天边出现了一抹红晕，她想，黑夜终将会过去。

阿妈病倒了，阿婆枯坐一夜后像是苍老了许多，往日挺直的腰杆开始有些佝偻，但精神却更加矍铄。

阿婆以年迈之躯和大家一起走向街头，高呼口号，她还暗中救助革命党人，年轻人都亲切地唤她——阿妈。她把所有的商铺全部关闭，拒绝把货物提供给日本人，还偷偷地把家里的物件变卖换成抗日物资源源不断送往前线。

她托人把阿妈和梅香姐弟送去更安全的地方，临行前梅香问阿婆。

“阿婆，你不是说你不懂什么民族和国家吗？”梅香问道。

“阿婆现在懂了，没有国，哪有家？”阿婆掷地有声地说道。

“阿婆，我们还会再见吗？”梅香问道。

“会的，等到我们有了一个新的天地的时

候。”阿婆抚着她的脸，无比地眷恋。

自上了船离开以后，梅香就再也没见到阿婆和小七叔了。

但他们会再见的，梅香想，等到这个世界变成新天地的时候。

少年朗达的月亮

一

朗达决定悄悄去后山上采药。

头天晚上，朗达就把进山所需的装备准备好了：一双带钉的草鞋，一把柴刀，一个铲子，一个背篓。玉青色的背篓已经泛黄，篓底还有一个缺口，朗达用细篾条细细地补了，又用针线给竹篓边缝上一圈水蓝的粗布条。

朗达轻轻地叹了口气，水蓝的粗布条缝得有些歪歪扭扭的，缺口也补得有些粗糙，若是阿爸来补，一定能让背篓重新变得紧致密实，光洁如新。

朗达的阿爸是十里八乡有名的篾匠，他的

篾刀只要在粗大的毛竹上轻轻一钩，薄薄的篾条就从虎口处生出来，初似两片兰芽，渐而抽成了长长的叶片。阿爸剖出来的篾条粗细均匀，青黄分明，在阿妈和阿姐的怀里跳跃，随着手指飞舞，篾条像金丝和翠丝一般被密密地编织成簸箕、蒸盖、菜篮、菜罩、竹椅、竹凳、凉席……阿姐闲下来时候还会给他编些竹蜻蜓、竹蚂蚱，阿爸、阿妈赶集卖竹器回来也总会给他带些吃食或小玩意儿，那时候的日子别提多快活了。

朗达家的竹子用得快，屋后的竹园到了秋冬便有些稀稀落落，好在毛竹发笋是很快的，到了春天竹笋长高了，夏日就又成了高高的翠竹，在阳光下舞蹈，在和风下摇曳。

自阿爸拿不动篾刀，阿姐出嫁后，阿妈一个人只能勉强编些小物件维持生计，而屋后的竹园却年年发笋，园子已经变成了一片密密实实的竹林，一年四季，鸟鸣不断。

往常，朗达觉得鸟鸣声十分悦耳，今日却觉得有些聒噪——他怕鸟鸣声把阿妈唤醒了。

有些草药必须带着露水采，朗达凌晨三点便起床了。他往背篓里装了糍粑、一壶水，还带上了火引子和打火机。他心里念念有词，祈求保佑进山顺利，采到更多的药材，最要紧的是采到灵芝。山里有蛇虫野兽，说实话，朗达有些害怕，但是想到阿爸，他又有了勇气。

阿爸病了两年多了，阿姐也出嫁了，阿妈一个人又要照顾阿爸又要勉力维持生计，家里没有什么进项，还欠了不少外债。城里的大医院觉得阿爸没有治疗的必要了，阿妈陪着阿爸回到寨子里喝起了草药，阿爸奇迹般地又熬过了一个寒冬。寨子里看病的老药公看朗达家艰难，常常免去一些医药费。朗达每日跟在老药公后面帮阿爸捡药、煲药，也认识了不少草药。

春日里阿爸的病越发严重了，他咳喘不停，躺不下去，只能一宿一宿地坐着熬，痛苦的呻吟声昼夜不断。老药公来看病的时候也不大肯开药了，阿妈把朗达支出去看火塘上撑架支着的药煲。朗达隔着木头夹板听老药公和阿妈悄声细语地说话，一不留神，沸水就把锅盖冲得噗噗直跳，一些药汤溢出来，掉入火灰哧哧作响，朗达连忙把锅盖揭一下，留了个小小的缝，又把撑架下的柴火撤了一些。老药公的声音嗡嗡的，像骤雨滴落在缸瓦上，他依稀听见老药公说，若是有灵芝便好了，朗达的心一下便活泛了起来。

镇子上药铺里的灵芝价格不菲，朗达跟阿妈去赶集卖竹篮、簸箕时候去看过，家里根本拿不出来多余的钱来买灵芝。朗达想，如果能采到灵芝，那便好了。寨子后面是连绵不断的深山老林，他听老药公说过，山中有几百种山草药，其中不乏珍稀的盘龙参、何首乌和灵芝。大山是属于大家的，草药是大山对子民的馈赠，谁采到便是谁的，朗达想，即便采不到灵芝，他也能采些草药换钱补贴家用。

朗达便借着微亮的天光往寨子后的大山出发了。

二

淡淡的下弦月还隐约挂在东边，山林间的翠竹在晨风中如波涛般涌动，在通往山上的那条小路上，一个身影正慢慢地沿着山路往上爬，是老药公，朗达知道他隔几天就要上山采药。

“阿公，”朗达快步追上去，“等等我！”

“细伢仔，天蒙蒙光，上山做什么？”老药公回头看是朗达，有些诧异。

朗达咧嘴笑起来，问道：“阿公，你知道哪里有灵芝吗？我要去采灵芝。”

老药公看朗达信心十足的样子，忍不住提醒他：“采药不走大路，专走草丛，藤蔓缠绕，一不小心就要摔倒，你不怕？”

“不怕，阿公，我有柴刀！”朗达说着挥起柴刀拨开杂草和树丛，砍断葛蔓走到老药公的面前来。

“灵芝大多长在深山密林，野兽毒蛇出没，你不怕？”老药公继续劝道。

朗达不禁打了个寒战。

老药公笑道："回去吧，细伢仔吃不了这个苦！"说着，他转身继续佝偻着背，躬身往前赶路。

老药公的歌声在山林间响起，回声阵阵：

哎——

山歌好唱口难开哎，

糍粑好吃磨难挨呀。

仙草救命它难采啊，

小伢返屋莫再来咧。

……

朗达踌躇了一会儿，耳边仿佛响起阿爸痛苦的呻吟声，他知道他不能退缩。

他张嘴回唱：

哎——

小伢背竹篓上山咯，

脚踩白云头顶天哟。

不怕山高万丈岩哎，

风吹雨打竹节长咧。

……

朗达鼓起了勇气，他努力提了提肩上的背篓，把身躯可劲挺了挺，信步跟上老药公，往大山深处去。

朗达在杂草中走了两个小时，不时趴在草丛中，细细辨认草药。他只认得一些常见的草药，比如车前草、益母草、天星木、柴胡、远志、丹参等，有些根系隐藏比较深，他就用小铲子将根部泥土挖松，再慢慢掘出来。

很快，朗达就采了小半篓草药，可是灵芝还没有踪迹。

老药公不紧不慢地走着，朗达便不远不近地跟着。天大亮了，老药公在一块突出的山石上坐着歇息，年纪大了，他不禁有些急喘。朗达连忙走过去，把糍粑和水递给老药公，老药公摆摆手，从竹篓里拿出几个青团，又给了朗达一个，让他尝尝。

青团是用艾草的汁拌进糯米粉里，再裹进豆沙馅儿做成的。朗达吃着青团，闻着艾草清淡而悠长的清香，想起清明节就要到了。今年阿妈没有心思做青团，他都差点儿要忘了，往年阿爸总要领着他祭祀祖先。看着远处的大山，朗达心里不禁有些惶然，呆呆地，直到感觉到脸上有凉凉的水意，他才猛地回过神来，抬手擦了擦。他是男子汉，现在应该是阿妈的主心骨了，他为自己的懦弱感到有些羞愧。

歇了半晌，老药公起身继续往前走。朗达也急忙跟上去，路过一处石壁，老药公停了下来。

“快来看咧，细伢仔！”老药公惊呼。

朗达几步来到老药公跟前，只见石壁裂缝里长了一株二十厘米长的小草，形似阿姐以前在院子里种的兰草，但是这株小草的叶片要比普通兰草的叶片细很多。星星点点紫色的花还带着清晨的露珠，旋转着排列在花茎上，犹如一条小龙盘旋而上。阳光下，露珠折射出奇妙的光，如梦似幻，笼罩在小草上，让人疑心这是一株仙草。

“细伢仔，这就是盘龙参啊。”老药公指

着小草说道，“盘龙参可是珍贵的草药，根和全草都可入药，你挖的时候可要小心点儿，不要把根茎给弄断喽。”

朗达拿着小铲松了松周边的砂石泥土，小心翼翼地把盘龙参整株拔起。这是一株以前没见过的草药，朗达心里充满了成就感。他扯出竹篓底下的一块破布，小心翼翼地把盘龙参用布包好，放进老药公的竹篓里。

老药公微笑不语，背起竹篓又向前走去，有时候还会停一停，像是随意歇脚又像是刻意停留，一路上，丹参、九节风、栀子、重楼、七叶一枝花，老药公只说自己挖不动了，让朗达分辨清楚仔细挖掘，又随口告诉他药性等。

到了傍晚，天色已经擦黑，老药公才开始往山下走，到了朗达家的竹园口，老药公停了下来。他把竹篓里的草药挑了一些出来放到朗达的背篓里，告诉他，把这些药熬成药汤，能让他阿爸缓解些疼痛，朗达抱着竹篓，喉头有些哽咽，半晌说不出话来。

“阿妈，你看我采到什么了！”朗达兴冲冲地跑进堂屋，一手举着盘龙参，一手举着七叶一枝花，身上都是土，像个泥人。阿妈等了朗达一日，家里少了背篓和草鞋，她也猜出了七八分。现在看见朗达平安回来，也说不出别的责备的话，她连忙取下竹篓，竹篓上的布条已经磨得有点儿破了。朗达走了一天，脚上全是水泡，阿妈用针把水泡刺破，又用布条轻轻地缠住。

她双眼蒙上一层水雾，手脚麻利地把火塘上吊着的热饭菜取下来，又从瓮中取出半碗珍珠一样晶莹剔透的腌萬头，红宝石一样的腌辣椒，摆在朗达面前。

“哎哟，这是老药公在教你啊！”阿妈听朗达说了山上的事，一拍大腿说道。朴实的山里妇人一时不知怎么办才好，她踌躇了一会儿，取出竹篮，把吊在火塘上的熏肉取下来两大块，又取了一碟糍粑放进竹篮里，打开门，走进茫茫的夜色中。

“细伢仔，老药公是好人，咱们要懂得感恩哪！”朗达一边想着阿妈说的话，一边飞快地收拾碗筷，然后把采回来的草药倒进竹簟上摊开，晾在院子里。

皎洁的月光朦朦胧胧地洒落下来，给山川和寨子都披上一层柔柔的纱，远处似有若无的山歌飘来，朗达有些沉醉，像是去岁偷喝了火把节上的米酒时候一般。

“阿达——”里屋传来一声低低的呼唤，接着是一阵咳喘声。

“唉！阿爸！”朗达从沉醉中惊醒，忙走进里屋，从火塘上的药罐里倒出温着的药，送到阿爸的床前。

阿爸抚着朗达被荆棘刺破的手背，嗓子眼嘶嘶地发出些不清楚的声音。“阿达，苦了你了。”阿爸眼睛里流露出慈爱的光，和以往他一边剖开青竹、钩起篾条，一边不时眼睛看向在一旁玩闹的朗达时候的目光一样。

“不苦！阿爸，你一定会好起来的！”朗

达含着泪说。

长夜里，时不时传来阿爸几声叹息。

三

老药公不时会教朗达认一些草药，但是他却闭口不提采灵芝的事。

“厚朴黄连金银花，唯有仙草最难采。深山老林吐金华，不是仙骨莫近身。”

“到深山密林去采灵芝，太险了。”老药公唱罢说道。

阿爸的病一日比一日沉重，他已经坐不起来了，佝偻的后背卷成江里的虾一样，匍匐在被面上，喘息声也似有似无。

朗达决定自己去采灵芝。他在镇上的药铺里看见过灵芝，也听老药公说过灵芝长在深山密林里。

那他就往大山深处去！

这天，一大早朗达就背着竹篓，带上糍粑、

水和一捆粗麻绳，拿上柴刀，上山了。

开始的时候山路比较平坦，朗达走得很快，等到日上中天时，朗达已经翻过了两个山头。坐下来稍作歇息，吃了阿妈做的糍粑喝了一点儿山泉水，朗达起身继续往深山走去。山路越来越崎岖，太阳灼热地烘烤着大地，朗达每一步都觉得脚下火辣辣的，双腿发软了，头一阵眩晕，他只好找了一处阴凉的地方歇了好一会儿，才鼓起勇气继续往前走，走着走着，远处三棵几人合抱的百年老树映入眼帘。

朗达快步走过去，在大树底下细细寻找。哎呀，就在那边，第三棵大树下泛着光的植物是什么？朗达的心扑通扑通地跳，他慢慢地走到大树下，蹲下来仔细看，呀，那里竟长着一朵泛着紫光的大灵芝！

朗达激动得手脚有些发颤，有了灵芝，阿爸就有救了！

他小心翼翼地把灵芝连根拔起，激动得双手微微发抖。他把灵芝藏在衣襟里，收拾好工具和背篓就准备下山回家。可朗达走得太远了，他在深山里迷了路，只能凭着感觉往山下走。

天色一点点暗下来，天气也越来越凉，朗达又饥又渴，渐渐力竭了。他想起病中的阿爸，又想到阿妈一定会急疯了。“阿爸，阿妈……”朗达在心里默默叫了两声，不禁呜呜哭了起来。山谷起了风，大风刮着大山的峭壁发出呜呜的声音，像是和他一起悲鸣。风中似乎传来了野兽的咆哮声，朗达吓得豆大的眼泪扑簌簌往下落，正绝望时，他听到一个苍老的声音从山下传来。

“细伢仔！”是老药公的声音。

“阿公，我在这里！”朗达犹如黑暗中看到火光，他兴奋地大声叫起来。

“莫慌，阿公来咯！”老药公喊他。

“好！”朗达高声回应他。

老药公唱起了山歌，朗达也以山歌回应他。

“小伢仔莫怕，莫怕！阿公在咧！”老药公嗡嗡的声音在山下响起，朗达翻滚的心潮渐渐平复。

他稳住心神，慢慢朝歌声的方向去，终于老药公和朗达相遇了。朗达受了惊吓，见到老药公后他心神放松了，瘦小的身体躺在平地上，大口喘着气，脸上和身上都是和藤蔓摩擦出来的血口子。老药公也气喘吁吁的，靠在松树上，歇了半晌，气息才慢慢调匀了。

“你这个细伢仔，怎的这么不听话，把你阿妈急死了！”老药公说，“我一猜你准是在深山里，不让你来，你偏要来！”

“阿公，我采到灵芝了！”朗达听老药公责备他，也不回嘴，笑嘻嘻从衣襟里取出那株巴掌大小的灵芝来，献宝似的给老药公看。

“你这细伢仔呀，唉！”老药公几不可闻地叹了口气。

暮色四合，天公像降下了玄黑的披风，大山被密密地笼罩下来，一老一小的身影，深一脚，浅一脚地往山下走。

第二日，老药公教朗达烘干灵芝，把一半

灵芝磨成粉末给阿爸送服。

阿爸在朗达满心期待中还是日复一日地颓败下去，像开过花的竹子一般，营养和水分很快被消耗流失掉，蔫蔫的，没有生机。阿妈常常背着阿爸和朗达哭，阿姐和姐夫也回家来看过几次，每次阿姐也都会抱着朗达哭。

可朗达不哭。

老药公彻底不肯开药方了。

朗达帮老药公整理医书药方的时候，突然想，那他就给他阿爸开药方！

朗达知道阿爸得的是肺上的病，老药公说过，那是肺痈。他悄悄地记下了一些和肺部有关的汤方药方，回到家里就用大字本写下来，细细研究。

病入膏肓的阿爸从阿妈那里听说了，把朗达叫到床前，那时他已经不大说得出话来了，每说一句都要费好大力气，可还是用尽全力以拳捶床，床板咚咚响，像捶在朗达的心口上。

“达，”阿爸喘息了一会儿，艰难地抬起

眼皮看他一眼说，“一定要清清白白做人啊！”

朗达心虚极了，他知道阿爸指的是什么。

“那是药师安身立命，世代相传的本事。”阿爸喘息着说，“诚信是一个人的立身之本啊。”

阿妈端来火盆，朗达跪在火盆前，把抄来的药方投入火里。火光映照在他的脸上，两行泪蜿蜒地流淌在脸颊上。他重重地起誓道：“阿爸，我一定做个清清白白的人！”

好像从这一刻起，朗达觉得自己像是困在茧子里的蝶，终于突破重重的障碍得见天光；又像蹚过那条长长的童年的河，来到了彼岸，他感觉自己长大了。

四

阿爸吩咐阿妈备上礼，带朗达去老药公家认错。

老药公什么也没说，让朗达明早还来帮忙整理药方，捡拾药材，在简陋的村寨药铺里帮忙煲药。

药铺里人们来来往往，老药公让朗达每日清早就煮上一锅金银花水，供来往的山民歇脚时候喝上一碗降火。

总会有些独居而年老的山民不便自己煲药，朗达便会在药铺里熬好了药装在搪瓷罐里给送过去。

“真是个好伢仔啊！”不少山民夸他。

朗达心里有些美滋滋的，因阿爸病重而带来的阴霾也消散了不少。

有一天，药铺里送来了一个山民。他进山打猎，被野猪拱了半条命，失血过多，虽说救治及时把命保住了，但还需要一些珍贵的药材慢慢养着才能好起来。

老药公曾经说过，灵芝是补血养气的良药，可受伤的山民有三个小细伢，家里穷得根本买不起灵芝。老药公没有说话，朗达手里的灵芝是细伢仔历尽千辛万苦采来给他阿爸用的，他有权自由处置剩下的半株灵芝。老药公开了一些补血和消炎的草药，让山民慢慢养病。

朗达纠结了一会儿。这段时间在老药公身边帮忙，他粗略地知道，灵芝不是仙药，也根本救不了他阿爸的命，用阿爸的话说，因为老药公的草药，他已经多活了一段时间了，知足了。

他的阿爸就要没有了，留着灵芝又有什么用呢？若是能帮助山民快点儿好起来，他的三个细伢仔就不用像他那样惶然不安了。

他下定决心，便一路往家跑，从柜子里掏出那半株灵芝，小心翼翼地打开布包。

灵芝烘干后变成了深紫色，它承载过他的希望，他的心血，甚至他的生命，它是他的宝贝。

朗达把灵芝抱在怀里，他的心中像是燃起一团熊熊的火。

“阿达，你拿灵芝做什么？”阿妈提着泔水桶从猪圈回来，就看见朗达抱着灵芝急巴巴的样子。

“我要让它变成希望的火种！”他转身就向药铺方向跑去。

他想："阿爸会同意的，因为，我在做一个清清白白的人。"

朗达赠药的举动得到了很多的赞誉，寨子里的人们都夸他有仁德。但是朗达知道，最大的快乐是从心底里升腾起来的对自我的认同，一种无愧于心、清白爽朗的感觉。

阿姐和姐夫从其他寨子回来了，阿爸把他的竹编的工具箱传给了姐夫。朗达小时候就见过，箱内是各式篾刀、竹刀、度篾刺，篾舌、刮刀、鲁班尺等工具。

"让阿达去做他想做的事。"阿爸这么说道。

朗达知道，那一天终会来临，但他还不能去接受。

这一日，阿爸精神格外好一些，说话也轻快了好些。他决定最后到寨子里去走一走，朗达知道他的阿爸要不行了。

"达，"阿爸轻轻地叫他，"你看这些茶树，每年都会开花结茶籽。茶籽落回到土里，明年又会有新的一轮茶树长出来。"

朗达的眼中蓄满了水雾，他知道阿爸是在跟他说，生命犹如一颗种子，生根发芽，开花结果，枯萎凋零，是无法逃避的自然规律。但生命也像这些茶树一样，循环往复，生生不息。

正是一年中的好时节，朗达放眼望去，除了火红灼灼的茶花，还有村头的一树海棠，漫天飞花，枝展如巨伞，生命热烈而昂然，像是给澄蓝的天空，缀上了一层水粉，如梦似幻，美不胜收。

阿爸的葬礼是在三天后举行的。送葬的山歌唱了一曲又一曲，朗达举起药煲和药碗重重地摔在地上，粗瓷裂成了一片片，散落四周。这是寨子里的习俗。

阿爸长眠在那远山上，朗达去采药，累的时候坐下歇息，抬眼就能看到。更远处是一条弯弯曲曲的河流，在阳光下，像生命的长河一般，穿过山谷，逶迤而去。又一年春笋待发，青茵层起，一切都是万物新生的力量。

朗达没有沉浸在悲伤里，他快快乐乐地做

起了老药公的行医弟子，忙时捡药煲药，闲时随老药公去山上采药，日子过得像镜面湖水一样平静。

五

朗达家也变得热闹起来。

因为不放心阿妈和阿弟，朗达的阿姐和姐夫搬到寨子里安了家，小外甥正是咿呀学语的时候，家里时时传出欢声笑语，阿妈脸上秋菊一般的皱纹也舒展了不少。

姐夫原是一个篾匠，前几年随同乡去沿海城市打工，自接过阿爸的工具箱后，他想了许久。沿海的大城市不会缺他一个打工人，古老的技艺却急需有人去传承，十里八乡的乡民也需要篾匠，他们的茶叶、茶籽、稻谷，日常生活和劳作都需要竹篅、竹篓和簸箕……姐夫决定留下来。他熟练地用起阿爸留下的工具，院子里又有了“扑、扑、扑”去竹枝、竹叶的响动，还有噼里啪啦放鞭炮一样破竹的声音，如云似雾的篾条铺天盖地，青黄篾条在阿妈和阿姐的手上翻飞，整个院子弥漫着竹香。

院子里摆满了各式竹器，就像阿爸在的时候一样。朗达采药的竹篓，篾条钩着藤生的葛蔓总容易破，却总能及时被修补好，修补好的竹篓紧致密实，光洁如新，朗达觉得心里空缺的一块也被填得满满的了。

阿妈和阿姐常常带着竹器去集市卖，朗达也带着晒好的草药卖到镇上的中药铺里。药铺的老板看他为人老实刻苦又学了好些医术，就有心拉拢他在铺子里坐堂卖药。

“工钱肯定比你在山上挖草药挣得多咧！”老板说。

朗达腼腆地摇摇头，谢绝老板的好意，便和阿妈、阿姐回到寨子上。

寨子里的收入虽不多，日子却过得平静，忙碌一整日，晚间一家人围着火塘吃饭。饭罢说说话，玉米、黄豆和红薯用火灰煨着，有时候也会烤上一两个糍粑，日子过得慢悠悠的，像天上的白云。

朗达这几年身体像春日的柳枝迎风长，开始有了少年人的模样，而老药公却越来越老了。

除了口头传授，老药公还让朗达整理了医书药方，有时候看病开方也让朗达独立完成，朗达细心又稳重，成了十里八乡有名的小药师。

朗达除了在学堂上学以外，便是日复一日在药铺里干活，身上常年浸润着翠竹和草药味，这样的味道却让他很安心。

淳朴的山民常带了家里的吃食送到铺子里来，有时候远远地看见他背着装满草药的背篓从山边走来，也会赶忙迎上去把背篓接过来。

“小药师，你辛苦了！”遇到的很多人都对他说这句话。

这些都让朗达很感动。他只是做了很小的事情，人们却没有忘记。

寨子里的生活也并非一成不变。

越来越多的年轻人走出寨子，走向城市，

返乡的年轻人把房子修得精美，家具电器样样不缺。

朗达的伙伴也纷纷劝他应该走出去。“以你的医术，挣大钱，起高楼，不成问题咧。”三娃这么说。

“城市里有大超市，高楼大厦，那楼高得哟，就像寨子后面的那座独秀峰！”麻秆说道。

“还有电影院、溜冰场、公园……”甘草附和着。

他们高中毕业后就走向了城市，成为城市里的打工一族。

他们穿着城里的衣服，拿着最新的手机，抱怨着寨子里的信号不好。

“城里的月亮也比寨子里的亮堂吗？”朗达问道。

“这个，可能吧，你总得自己去看一看。”三娃闪烁其词地说道。

朗达有些心神不宁，老药公看在眼里，急在心里。

“细伢仔，明早跟我去采草药吧。”老药公叫住正要离开药铺回家的朗达。

“好，阿公。”朗达应道。

一如很多年前的那个凌晨，淡淡的下弦月还隐约挂在东边，山林间的翠竹在晨风中如波涛般涌动，在通往山上的那条小路上，一个身影正慢慢地沿着山路往上爬，是老药公。他的背佝偻得更厉害了，步履蹒跚，已是少年人的朗达快步追上去，把老药公的竹篓接了过来侧背在肩上。

“阿公，以后采药的事你就交给我，你只要在药铺里晾晒草药就行了。”朗达劝道。老药公越来越老了，身体已经算不上硬朗，今年自惊蛰以后雨就没有停止过，老药公的老寒腿也越发严重，草药也已经不太顶事了。

天才放晴两日，老药公便张罗着要上山采药。要像个土地公一样有空就去巡山，这是采药人谨守的信条。山里哪个角落有什么草药，采药人心里都有数。

天大亮，两人已经采了半竹篓带着露珠的草药。又坐在当初歇脚的山石上，老药公递给朗达一个青团，清明又快到了。朗达咀嚼着艾草的清香，抬眼望向远山的孤坟。

“细伢仔，还记得第一次来这里吧？”老药公喘息说道。

“记得，那是阿公第一次开始教我认草药。”朗达笑道，一边给老药公递过去一壶水。

“是咧。那天啊，我仔细观察，你这个细伢仔很有做药师的天分咧。这个天分不是认草药的天分，而是做药师的仁德之心。”老药公微微笑道，“我注意到不管药材多贵重，你没有全部挖走，这就能给后人留下药源。发现独苗、幼苗不采，这样才能让山间的草药生生不息。你不贪功，把挖到的药材都给了我这个老头子。”

老药公继续说道：“你胆识也不错，竟然还敢自己去悬崖上采灵芝！后来，你还把抄来的药方投入了火盆里，以诚信立人，知错能改，我就知道我没有选错人了。”老药公得意地摇着头，白胡子也随着摇头的动作晃动起来。

朗达也笑了起来，他怎么会忘记，也是那一天，阿爸教给他，要清清白白做人的道理。

“跟着你的内心走，就像迷路时候一样，心里默念着药王爷的名号，他就会指引你走出迷雾，走向光明。”老药公拍拍他的肩膀说道。

朗达再次看向远山，这一次他不再惶然不安，取而代之的是踏实的感觉。

六

“你总得自己去看一下。”三娃的这句话盘旋在少年人的心里挥之不去。

“我要去城里看看。”朗达有一天突然跟阿妈、阿姐和姐夫说罢，又去和老药公告别。他把医书仔细包裹好放进了行囊里，第二日便同返城的三娃、麻秆和甘草一起踏上了未知的旅途。

朗达能辨认和炮制草药，还通医术，很快

就在一家中药铺里谋到一份工作。钱挣得不少，内心却越来越躁动不安。

城市里没有雨过天晴后的彩虹，只有闪烁的霓虹灯；城市的夜晚亮如白昼，月亮的光芒都显得暗淡了许多；城市里的姑娘很美，却没有漫山遍野的山歌抚慰人心……

几个月后，少年朗达又出现在了寨子里。老药公老了，看不了那么多病了，他不在的这几个月，山民们无处看病，愣是积攒了不少病患，朗达整日里忙得脚不沾地，心里却很安定平和。

回家有阿妈、阿姐、姐夫和小外甥，药铺里有阿公，远山上有阿爸，有很多人需要他，还有什么比这更让人觉得踏实的呢！

返乡前，三娃劝他："天天这么累，你图什么咧？"

"不图什么，"朗达淡然笑道，"医是积德，药是施舍。我不在，寨子里的人们就无处看病，我不接过老药公的担子，代代相传的民族医药也会传不下去。"

朗达说这话的时候，眼睛里似有星子闪烁，三娃怔愣了半晌。他重重地拍了拍朗达的肩膀，忍住要落下的泪水：“好，好，阿达，我阿爸阿妈就拜托你了。”

山民们有时候会打趣朗达，外面的世界五彩纷呈，怎么就回来这个偏远的小寨子呢？

朗达笑道：“城里的月亮还不如寨子里的亮堂！”

大家哄堂大笑，都以为他在说笑，只有朗达知道，这是真的。

朗达正式接过老药公的担子，老人家辛劳大半生，终于可以歇一歇了。药师朗达的日子变得更加忙碌起来，很多人需要他，就像他阿爸当初需要老药公一样。遇到孤寡困难的人，他也免去药费，如果是不便动身的人，他还会熬好了汤药送到床前。

终于忙完这一日的工作，朗达把药铺的门板合上，走在寂静的寨子里，听着竹涛阵阵，伴着远处传来的隐约的山歌声，偶有几声鸟鸣。

不知何时，一轮皎洁的圆月缓缓升起，像一盏明灯，高悬在天幕上，照亮了寨子里的每一个角落。

朗达的心里也升起了一轮圆月，一轮只属于他自己的圆月，把他的整个心房都照亮了。

嬉鱼灯

“谁会不想当头鱼吗？”小满说。龙口镇的习俗，嬉鱼灯每年要从正月十三开始，持续到正月十六。人们认为以大鱼为形，舞动鱼灯在河两岸嬉戏游走，以示鱼翻浪涌，以水克火，这样便可以消灾祈福，保佑小镇生生不息，而且还有年年有余的寓意，于是便逐渐形成了此地元宵节嬉鱼的年俗。

每年，在嬉鱼灯会上当头鱼可是顶重要的一件事情，这不仅涉及“面子”，能获得伙伴们的推崇和拥护，还代表了祝福和吉祥。哪家的孩子当了头鱼，连爸妈的脸上都觉得有光呢。

小满是班长，有威信，伙伴们都愿意听他的，而且他还长得高大壮实，能毫不费力地举起大鱼，因此，两年来他都当之无愧地当选了头鱼。叫他懊恼的是，今年却不那么顺利，那不起眼的小不点儿阿金竟然跟他叫板，和他争当头鱼！

“我也想当头鱼。”阿金支支吾吾地说道，正在扎鱼骨架、在骨架上涂上牛皮胶把鱼鳞纸贴上的伙伴们都不禁停下了手上的活计看着他。大伙儿哄堂大笑，连带领孩子们做鱼灯的老师傅也微笑着停了下来。

“什么？”小满都有些不敢相信自己的耳朵。若说是别人争当头鱼还觉得可以理解，但阿金生来就瘦弱，不是感冒了就是咳喘，一年里总有三个月跟霜打的茄子似的，蔫蔫的。

“这还用选吗？阿金，你看看你的细胳膊细腿，我怕头鱼能把你压垮哩！”官宝说。

“阿金，你还是在队列后舞小鱼吧，小鱼轻巧，也很漂亮。”老师傅也劝他。

“你们别看不起人！当头鱼本来就是公平竞争，凭什么让小满一个人连当三年头鱼？”阿金看其他人笑他，他倒生出了勇气，大声地说道。

“阿金说得对。那就比试一下吧，当头鱼要有力气，如果你能赢了我，我就让你当头鱼，怎么样？”小满让大家安静下来，提议说。

大伙儿都说好，阿金涨红了脸站在场地中间一步不退。小满只一个简单地转身横扫腿，“扑通！”阿金就重重地摔倒在地上了。阿金连一招都顶不过，小满也觉得很意外，暗恼自己出手重了。

“再来！”不承想，阿金一骨碌爬起来，喊小满放马过来。小满瞥他一眼就往外走，心想，简直不自量力。岂料阿金发疯一般冲了过来，小满躲闪不及，被他一头撞在壮实的后背上，阿金又摔倒了，小满和伙伴们都看得瞠目结舌。

“我可没有推他呀！”小满急忙对大家说，大伙儿纷纷劝阿金不要不自量力啦。

“你以为头鱼是好当的啊，累得很。”老师傅也劝他，“阿公保证给你做一盏最漂亮的鱼灯好不好？”

“我不要当小鱼，我要当头鱼！”阿金发狠地叫着又向小满冲过去，但被大伙儿把他架住了。

这样一个小插曲被大家抛在脑后，元宵灯会就近了，大伙儿忙碌地张罗着制作各自的鱼灯。红鱼，代表喜庆祥和；青鱼，寓意春回大地，孩子们在老师傅的指导下用竹篾绑扎出骨架，在做鱼皮的一块块白布上，一笔一画，绘制出五彩斑斓的鱼儿，光鲜夺目的大鱼灯和无数小鱼灯，一盏盏地被做出来……

离灯会只有三天了，自那日被阿金挑战后，小满就被他追堵拦截，一次次摔跤，一次次站起来，他还是锲而不舍地追着小满挑战，小满不胜其烦，不得不决定去找阿金认真地谈一次。

小满把大鱼放下，又嘱咐其他人继续练习，他自己从祠堂出来向镇子北面走去。阿金家在小镇北边的宽窄巷子里住，是第五家。

小满走到阿金家，抬手正想叩开门，就听到里边传来说话声。

“爷爷，我今年一定能当上头鱼，为你祈福，你一定会好起来的。”是阿金的声音。

“傻孩子哟，咳咳咳，唉，你长大啦，爷爷等着看你嬉鱼灯……”一个苍老的声音，打在小满的心口上，像擂鼓……

正月十五如期而至，夜幕降临，寂静的小镇在火红灯笼映衬下喜庆又祥和，孩子们换上艳丽的嬉鱼服，举起鱼灯即将出游。阿金垂头丧气地举起小鱼灯走在队列的后面，突然一只手把他拉了出来，一直拉到了队列的前面来，一盏大鱼灯被塞到他的手里，阿金下意识地握紧，高高举起。“要坚持住啊！你一定行！”小满拿过小鱼灯，默默地走在了队列的后面去。阿金激动得脸色涨红，头鱼很重，他咬着牙坚持着，沁出了一身汗。

大鱼从祠堂“游动”而出，在主街上辗转腾挪，肆意游走，小伙伴们和游客们举着小鱼灯，摇头摆尾，兴奋地跟在后面。伴着热闹的锣鼓声，安静的龙口镇瞬间被点燃了。

孩子们的“鲤鱼摆尾”“双鱼争食”“鲤鱼戏水”赢得人们的喝彩，最后的“鱼跃龙门”阿金明显很吃力了，小满不知什么时候来到了阿金身边，他半扶着鱼竿，领着阿金完成了高难度的“鱼跃龙门”，随之大人们举着“鱼化龙灯”闪亮登场，引起了又一波热潮，欢呼声不绝于耳，一浪接着一浪，像海波翻滚。

鱼儿戏孩童，灯盏漫天游——年年有“鱼”啦！